Alexandre Fouchard – Pierrick Guillaume

JIKE COOPER,
POLICE JUDICIAIRE

Mareuil
Éditions

Parus chez Mareuil Éditions

Le dernier saut, Franck Hériot et Jean-Louis Fiamenghi, 2017
Le chat d'Oran, Georges Salinas, 2019

ISBN : 978-2-3725-4 1848

Pour vous tenir informé des prochaines publications de Mareuil Éditions, rendez-vous sur : www.mareuil-editions.com

« Quiconque s'est proposé de donner de son temps une image aussi honnête et claire que possible doit avoir également le courage de décevoir les conceptions romantiques. Et rien ne me paraît plus caractéristique de la technique et de la singularité des révolutions modernes que le fait qu'elles se déroulent en réalité qu'en très peu d'endroits dans l'espace immense d'une grande ville et demeurent, en conséquence, parfaitement invisibles pour la plupart des habitants. »

Stefan Zweig, *Le Monde d'hier*

« Dans la vie on a toujours le choix : aimer ou détester, assumer ou fuir, avouer ou mentir, être soi-même ou faire semblant. »

Nelson Mandela

À nos épouses et nos enfants. À nos parents, nos familles, nos amis.

À nos collègues qui ne font souvent que ce qu'ils peuvent et de qui on attend beaucoup. À ce métier difficile mais tellement connecté au monde.

À Daniel Guillaume (1945-2015), commandant fonctionnel de police de la BRB Paris, de l'OCRTIS et de la PJ de Rennes.
PG

Remerciements à Betty Royaux et Katie Smith pour leur implication sur Jike *dans* Faust Magazine.

PRÉFACE

Ce roman n'est pas un roman : c'est une plongée dans le crime quotidien et dans l'esprit de ceux qui le poursuivent. Le banal, l'atrocité, le stress, les idées, le doute, le succès, le talent tout s'entrechoque dans cette réalité là. Qui sait décrire ainsi l'enquête criminelle ? Forcément des flics, forcément expérimentés, forcément passionnés par l'enquête judiciaire et les ressorts qui animent les hommes et femmes qui en sont, à quelque titre que ce soit, les acteurs.

Pierrick GUILLAUME est l'un d'eux depuis tant d'années et toujours intact dans son engagement et sa passion ; COOPER est son double (même si elle est bien plus belle que lui...). Elle est son histoire et en la suivant pas à pas au gré de l'enquête, c'est le quotidien de Pierrick GUILLAUME enquêteur qui nous est révélé.

Jike COOPER ne connait pas les assises, Pierrick GUILLAUME les connait. C'est même dans cette enceinte que nous avons fait sa connaissance, à la barre des témoins lorsqu'il est venu tant et tant de fois présenter et raconter son enquête, le crime, l'accusé, les preuves, les déductions, les raisonnements. Il dit que son travail n'est terminé qu'une fois le verdict tombé.

C'est parce qu'il connaît si bien son enquête qu'il peut si bien en parler, convaincre, et répondre aux attaques parfois vives qui sont le pain quotidien de la cour d'assises. Jike COOPER serait sans nul doute, elle aussi, à l'aise dans l'exercice.

JIKE COOPER, POLICE JUDICIAIRE

Nous avons profité de Pierrick GUILLAUME pendant des années, c'est à un autre exercice qu'il nous convie avec son co-auteur : À VOUS DE JOUER CHERS LECTEURS.

Maryvonne Caillibotte,
procureur de la république avec Julien Eyraud

PRÉAMBULE

Pierrick Guillaume et Alexandre Fouchard se sont rencontrés en 1998 sur les bancs de l'École nationale supérieure des officiers de police. Tout au long de leurs carrières respectives dans la police nationale, ils n'ont jamais cessé de partager leurs histoires vécues, tranches de vie, leurs doutes et expériences. C'est ainsi qu'est né le projet d'écriture *Jike Cooper*, mettant en scène une femme flic de la police judiciaire, confrontée aux réalités et aux exigences hors du commun d'un métier complexe ancré dans une société en pleine mutation.

En 2018, le périodique mode et culture *Faust Magazine* a publié les premières aventures de « Jike Cooper » sous la forme d'un feuilleton qui a reçu un accueil très enthousiaste de la part des lecteurs.

Après vingt ans de service actif, les auteurs sont aujourd'hui commandants de police. Pierrick Guillaume est chef d'un groupe d'enquête de la police judiciaire de Paris, et Alexandre Fouchard se consacre aux enjeux de gestion de crise auprès de la Direction générale de la police nationale. Passionnés par leur métier et convaincus de la nécessité d'en faire connaître les richesses, les difficultés et les enjeux au grand public, ils se livrent à un travail d'écriture dont l'objectif est de révéler l'utilité sociale de leur profession, son humanité, mais aussi sa part d'ombre.

Le lecteur sera plongé au cœur de l'action d'un groupe de flics parisiens chargé des enquêtes criminelles qui font les faits divers de la capitale.

*

1

Jike les a toutes essayées. Ou presque. Ce n'est pas qu'elle les aime particulièrement, mais elle s'est découverte, très tôt, une sorte de don, un truc spécial qui lui permet de se sentir immédiatement efficace aux commandes. C'est comme si elles avaient été conçues exclusivement pour elle. Rien qu'en les regardant, d'instinct, elle sait ce qu'elle est en droit d'attendre de leurs courbes, de leurs mécaniques, de leurs équilibres, de leurs géométries et de leurs capacités propres. Quand elle y réfléchit, elle se dit que c'est peut-être une affaire de famille. Une liaison verticale ayant pour origine directe le type qui lui a servi de père. Il lui a au moins transmis ça : les caisses, les bagnoles, les tires n'ont aucun secret pour elle. Dévoreuse de littérature asiatique, elle est de l'avis d'un de ses auteurs préférés qui classe les conductrices en deux catégories : « celles qui sont un peu trop agressives et celles qui sont un peu trop prudentes, ces dernières étant infiniment plus nombreuses ». Elle se range évidemment dans la première catégorie et se considère comme une excellente conductrice même si elle sait bien, au fond, que ce point de vue est tout à fait subjectif. Jike conduit, bien sûr, les autos de monsieur tout le monde. Depuis les Super 5 et Ford Fiesta de son adolescence aux éternelles 205 puis, plus tard, les Golf GTI et même quelques coréennes. Aujourd'hui, elle possède une Renault Clio Williams bleue, modèle numéroté de 1993, 150 chevaux pour 990 kg, 16 soupapes et jantes dorées. Presque un collector. Elle adore son bolide anachronique et se fout royalement de ce que les autres peuvent bien en penser. Elle a mis du temps à le dénicher et encore plus à finir de le payer, mais elle l'a choisi parce qu'à son bord, elle le sent, le vit et l'anime efficacement, cela à une époque où les sensations de conduite sont anesthésiées par une technologie triomphante. De temps en temps, elle s'offre aussi le luxe de dompter les Ferrari F430, Lotus Exige et autres Lamborghini Gallardo, tous ces engins qui ne sont justement pas ceux de monsieur tout le monde et qu'elle pousse dans leurs derniers retranchements. À croire qu'on finirait un jour par effacer l'humain de l'équation « conduite sur route », juste pour se persuader de l'existence du fameux risque zéro. N'importe quoi ! Elle déteste l'idée du risque zéro, crache sur la notion de principe de précaution, préférant largement pousser les limites, tester, éprouver pour être efficace. Pour Jike, l'enjeu c'est surtout de vivre, même dangereusement, d'expérimenter, de goûter, bref, de s'électriser, d'affronter les risques pour apprendre, ressentir, grandir et, si possible, servir. Au volant, elle utilise les techniques les plus efficaces qui lui permettent de jouer avec les limites mais jamais au-delà ; pour son plus grand plaisir. Quel que soit le modèle, elle en tire toujours le meilleur, ce qui la surclasse immanquablement parmi ses familiers et en fait un pilote hors pair. Titulaire d'un permis spécial et habilitée « conduite rapide », elle a dû se soumettre à plusieurs stages exigeants et sélectifs : conduite sur route et sur circuit, optimisation du freinage, des trajectoires, conduite sur piste humide sur tous types de véhicules rapides, les « VR » dans son univers professionnel. Elle est douée pour déterminer les trajectoires optimales et la vitesse qui convient ; elle freine instinctivement dans le bon timing, entre dans les courbes comme personne, et ne perd jamais l'adhérence. Sa position au volant approche la perfection, sa perception de la route, toujours orientée loin devant, révèle une capacité hors norme à l'anticipation. Elle connaît la peur mais sait toujours la transformer en une force positive qui lui permet de s'adapter rapidement et d'apprendre de ses erreurs. À chacune de ses sorties, devant ses coéquipiers, concurrents, formateurs ou accompagnateurs, elle épate par sa maîtrise technique et ses performances.

Au-delà de ce talent technique, Jike est aussi une professionnelle haut de gamme. Sans en être toujours bien consciente, elle est capable de cadrer son impulsivité grâce à son intelligence de situation, de conjuguer sa force de caractère et sa sensibilité affective, mais aussi d'être remarquablement créative dans ses analyses. Dans son travail, du statut de femme, et donc d'erreur de casting – suspecte d'être arrivée là par le seul effet des mesures administratives de discrimination positive –, il lui était arrivé une fois de passer à celui de « COBB » (collègue qu'on baiserait bien). Cette expression « délicate » était l'œuvre d'un de ses anciens coéquipiers de l'époque, fan de vidéos X mettant en scène des *Milf*[1], sujet d'étude important de sa vie de quadra seul et divorcé. Il l'avait aussitôt amèrement regrettée et avait dû se trimbaler durant deux semaines avec un œil qui était passé par toutes les couleurs de l'arc-en-ciel. Non seulement il avait bien intégré qu'il n'avait aucune chance, jamais, de coucher avec Jike, mais en plus, il était devenu le gars qu'on surnommerait « l'œil » jusqu'à son enterrement, en hommage au fabuleux direct du gauche qu'elle lui avait décoché pile au moment où il venait de définir, hilare, la notion de « COBB ». Jike, pédagogue, avait tout de même pris soin de lui expliquer

1. *Mother I'd Like to Fuck. No comment.*

que son œil n'était qu'un moindre mal. Elle avait précisé qu'en tant que collègue, il avait bénéficié d'un traitement de faveur puisqu'elle aurait pu choisir de le frapper ailleurs (sans avoir besoin de préciser où, cela allait de soi), et enfin, qu'elle lui faisait grâce de le balancer sur les réseaux sociaux comme « son porc » ou bien même à la hiérarchie. Il pouvait donc s'estimer heureux et la remercier. Le gars l'avait effectivement remerciée et elle ne l'avait plus revu. Dans son univers professionnel, Jike est contrainte de faire ses preuves face à des types souvent trop sûrs d'eux-mêmes, enfermés dans une représentation des femmes excessivement simpliste, désespérément sexiste et très, très énervante : au volant, une femme ne peut être que trop prudente. Alors pour le reste…

Jike est flic au sein de la police judiciaire de Paris. La PJPP. Une institution marquée par la virilité, les hormones mâles, les « couilles bien accrochées » ; une boutique où, toutes générations de flics confondues, les héros sortant du lot par la qualité de leurs enquêtes et leur intelligence à résoudre les énigmes les plus marquantes sont à coup sûr des hommes. Jamais des femmes. Ou alors très rarement. Dans les salons et pour sauver les apparences à une époque qui confine à l'égalitarisme, tous ces « héros du quotidien » s'accordent pour dire que les femmes peuvent, bien entendu, être d'excellentes enquêtrices, mais que les hommes ont, quoi qu'on en dise, toujours dominé la profession. « Une réalité historique », se plaisent-ils à rappeler, mais aussi une tradition nécessaire à la préservation de l'identité de la « grande maison ». Les femmes n'y ont accès que depuis peu, à peine une cinquantaine d'années. Autant dire qu'elles doivent s'imposer. Passionnée par son métier, Jike exerce dans un des services les plus prestigieux de la PJPP, la Crim' du deuxième district de police judiciaire communément appelé 2e DPJ. Elle y excelle et rend parfois ses collègues masculins fous de rage et de jalousie. Il faut dire, aussi, que Jike s'emploie à être parfaite. Elle s'impose un régime très strict pour tendre vers cette perfection qui la rend exigeante pour elle-même et pour les autres. Seulement voilà, la discipline qu'elle s'impose est purement et simplement incompatible avec les capacités de la plupart des êtres humains qu'elle croise, ce qui peut parfois la faire passer pour une « chieuse », voire une « super emmerdeuse ». Tout cela ne facilite évidemment pas ses relations avec les hommes, sauf avec Fred, qui est une exception à la règle… et qu'elle a donc épousé.

Jike Cooper est née à Dallas en 1983, de l'union improbable d'un basketteur noir américain, toxicomane et amateur de femmes, et d'une Française en quête d'aventure, traductrice à ses heures et bipolaire. Elle a hérité de cette filiation une beauté altière et une peau cuivrée, qui font tourner les têtes. Mais elle a aussi hérité d'une double nationalité qui lui donne le sentiment d'être la synthèse de deux mondes. Elle estime surtout que ce statut de Franco-Américaine lui procure une liberté spéciale, un avantage unique : voyager partout avec aisance et n'être suspecte nulle part. Française pour les uns, Américaine pour les autres, Jike est chez elle partout. C'est aussi assez pratique pour expliquer sept fois par jour d'où lui vient son prénom dans un pays où parler anglais relève toujours de la performance.

2

Peu après 3 heures du matin, le téléphone de Jike se met à vibrer avec insistance. Même si elle a le sentiment de répondre dans la seconde, les grognements de Fred, couché à côté d'elle, lui indiquent très clairement que ce n'est qu'une impression. La conversation est courte, à voix basse, comme à chaque fois.

— Salut, Jike, désolé de te réveiller… C'est la permanence de nuit.

— Je t'écoute.

— Tu as un macchabée criblé de balles au parc des Buttes-Chaumont. La proc' est sur place. Désolé pour ta nuit…

— Arrête d'être désolé. Les Buttes-Chaumont, tu dis ?

— Oui. Dans le parc, mais je ne sais pas exactement où. Tu veux que je me renseigne ?

— Laisse tomber, je trouverai, répond-elle en se redressant aussi délicatement que possible avant de raccrocher.

— Pas de petit dej' ensemble, alors ? demande Fred, dans un demi-sommeil, qui n'a pas manqué d'analyser rapidement la situation.

— Rendors-toi, mon chat. Je me ferai pardonner, lui répond Jike en lui glissant une bise dans le cou.

— Des fois, ça me saoule vraiment, ton boulot. À plus Supergirl…

Jike s'habille en silence d'un jean slim foncé, d'un tee-shirt chaud recouvert d'un pull en laine et cachemire qu'elle adore – un cadeau de Fred datant de Mathusalem –, chausse des Stan Smith blanches et passe une veste vintage du genre motard, en cuir noir, assez courte et cintrée. Même prise au saut du lit au beau milieu de la nuit, dans sa tenue de combat d'enquêteur de la Criminelle, Jike est très sexy. Elle saisit son SIG 9 mm[1] qui se trouve dans le tiroir de la table de nuit, engage un chargeur, chambre une cartouche et le positionne instinctivement dans son étui de ceinture, le cliquetis de la rétention résonnant dans l'appartement silencieux. Puis elle récupère une paire de menottes, un modèle spécial ultracompact conçu pour la police de Boston qu'elle s'est acheté lors d'un précédent voyage aux États-Unis. Dix minutes après le coup de fil, elle est opérationnelle. Elle quitte son domicile en prenant soin de ne pas réveiller les enfants, accompagne doucement la porte d'entrée qui grince un peu et la verrouille tout aussi silencieusement. Jike sait se glisser très rapidement dans chacune de ses peaux : mère, épouse, maîtresse… Maintenant elle est flic, sans se poser trop de questions. Fred est souvent admiratif de sa capacité à s'adapter si vite. Lorsqu'il lui en fait la remarque, elle hausse les épaules avec un sourire. Ce que Fred n'a pas encore découvert, c'est que cette faculté est partagée par des millions d'autres femmes évaluées en permanence, au boulot ou à la maison, par des mâles socialement dominants mais affectivement dépendants. L'égalité des sexes n'est pas encore une réalité ! Être l'égal des hommes se mérite chaque jour sans avoir le droit à l'erreur. Pour les femmes, pas de demi-mesure. Jamais. Et Jike n'échappe pas à la règle. Elle ne le sait que trop. Mériter la confiance qu'on lui fait au service est un effort de chaque instant. C'est la raison pour laquelle elle se soumet à une discipline de fer. Quitter le lit conjugal

1. SIG Sauer 9 mm : pistolet semi-automatique de fonction des policiers.

en pleine nuit, savoir que les enfants ne verront pas leur maman lors du petit déjeuner, qu'elle ne pourra pas les conduire à l'école ni même aller les chercher le soir, lui demande d'immenses efforts et une sacrée dose de caractère. Elle se sent coupable en permanence : mauvaise femme, mauvaise épouse, mauvaise mère... mais elle a décidé de mettre cette culpabilité sous le boisseau car il est hors de question qu'elle en fasse peser le poids sur ceux qu'elle aime le plus dans ce monde : ses gosses et son homme. Maintenant, alors qu'elle se dirige vers sa voiture de service, elle est flic, « une professionnelle de la profession », comme avait dit Godard devant ses pairs en recevant un César d'honneur dans le milieu des années 1980. C'est Fred qui lui avait sorti cette phrase et expliqué son contexte, un soir. Elle avait ri et, tout en remontant la rue, elle pense à son mari et se dit qu'elle l'aime fort.

*

Un silence inhabituel enveloppe la capitale. La neige a recouvert les chaussées parisiennes d'une fine couche duveteuse et son manteau blanc encore vierge étouffe les sons. Les lumières des réverbères rayonnent d'un halo tantôt bleuté, tantôt doré qui fait ressembler les rues désertes au Berlin-Est du temps de la guerre froide. Sans être vraiment beau, le paysage est fascinant et, à cette heure, Jike pourrait passer pour la seule survivante d'un cataclysme qui aurait fait disparaître toute trace de vie.

La conduite sur neige ne lui fait pas peur. Elle lui procure même une légère excitation lorsqu'elle se met en route pour rejoindre le périphérique, déserté lui aussi. Quelques traces de pneus d'autres noctambules lui montrent le chemin. L'espace d'un instant, Jike a l'impression d'évoluer dans un roman policier, d'habiter les pages d'un livre où elle est le personnage central, le flic chargé de découvrir la vérité, d'arrêter les coupables, de sauver le monde de l'injustice… Flic, neige, nuit, cadavre, meurtre, Paris… Tous les éléments du polar sont réunis. La neige s'est remise à tomber et la chaussée devient de plus en plus glissante. Mais Jike contrôle ses trajectoires. Sans pour autant conduire dangereusement, elle roule à bonne allure. Ses mains tiennent fermement le volant à quinze heures quinze, le regard porte loin et elle traverse mentalement les murs de flocons qui s'effondrent à son passage. Attentive aux imprévus qui pourraient la surprendre sur la route, elle réfléchit en même temps à sa future scène de meurtre dont elle n'a pour le moment aucune description. Elle ne demande jamais les détails des faits lorsqu'elle est saisie d'une nouvelle affaire. Elle sait que toute information qui lui sera communiquée imprégnera son objectivité et servira d'ancrage à ses futures observations. Pour ne pas biaiser son premier regard sur la scène de crime, elle se l'imagine, se la représente à partir de ses seules connaissances de la topographie. Elle sait qu'une scène de crime est éphémère. Une fois qu'elle aura décidé que les recherches sont terminées, cette scène disparaîtra pour toujours. L'enquêteur de la Criminelle n'a pas le droit à l'erreur, pas le droit à l'oubli. Il doit maîtriser parfaitement chaque élément, chaque indice de son enquête. Une fois la scène de crime nettoyée, il sera en effet impossible de récupérer la moindre trace négligée et elle sera perdue pour toujours. Description du cadavre, identité, réquisition à l'institut médico-légal, appel des pompes funèbres, coordonnées de la famille de la victime, relevés d'empreintes, recherches d'ADN, enquête de voisinage, recherches de témoins, constatations précises… La liste est longue et plus ou moins complexe en fonction des scènes et des enquêtes. Jike, comme elle le fait à chaque fois, passe tout en revue en faisant défiler mentalement les pages de son manuel personnel, comme un skieur qui répète sa course et chaque passage de porte avant de s'élancer.

Elle sort du périphérique porte du Pré-Saint-Gervais, enquille la place des Fêtes, descend la rue de Crimée. Elle n'a pas demandé l'adresse précise du lieu où a été découvert le corps, mais il lui suffira de repérer les voitures de police stationnées à proximité. Elle s'arrête au niveau de l'entrée sud du parc, sort de sa 306 avec sa mallette criminelle à la main – une mallette à l'ancienne, noire et équipée d'une serrure à code que son père lui a offerte lorsqu'elle a intégré la police – puis elle se dirige vers ses collègues. Ils sont moins d'une dizaine, le col de leur blouson d'hiver remonté sur leurs visages, portant des bonnets et des gants non réglementaires, et sautant sur place pour se réchauffer.

— Salut ! Jike Cooper, section Crim', 2e DPJ, annonce-t-elle au jeune gardien de la paix stagiaire qui grelotte et soulève à son passage la rubalise « Police nationale » qui ferme l'accès au public, bien qu'il n'y ait pas un chat.

— C'est par là, lui répond le stagiaire, en montrant un petit groupe un peu plus loin.

Jike le remercie d'un signe de la main et suit la direction indiquée. Elle adopte toujours la même posture lors de son arrivée sur une scène de crime : souriante mais ferme, polie et respectueuse de chacun, attentive, à l'écoute. Durant toutes ces années passées en section criminelle, elle avait eu le temps d'étudier les comportements de ses homologues lors de leurs échanges avec les premiers intervenants. Elle avait ainsi pu constater que certains se montraient souvent directifs, méprisants, avides d'afficher leur appartenance à la « race supérieure » des flics de la Crim' et qu'ils se privaient ainsi de l'expertise de ces policiers de terrain, fins connaisseurs de la topographie et des équilibres sociologiques subtiles des secteurs qu'ils couvraient. S'intéresser à l'intervention initiale et au tout début de l'enquête, au travail accompli en amont par ces policiers de voie publique, aurait pourtant dû être leur priorité. Mais ces flics appartiennent à la race de ceux qui se reposent sur des constructions intellectuelles fragiles mais confortables, prisonniers de leurs certitudes et de leurs déductions biaisées. Des flics parfois en quête d'une illusoire reconnaissance sociale auprès, par exemple, du monde de la télévision ou du cinéma en échange de promesses d'indulgence[1] ou de tours du périphérique avec deux-tons et gyrophare. Jike connaissait par cœur leurs commentaires : « c'est une affaire de merde », « c'est du local », « ce n'est pas pour nous », « encore un suicide », « ce n'est pas probant »... Ces flics-là tentaient systématiquement de convaincre que rien ne pouvait résister à leur expérience ni à leur flair imparable, qu'ils étaient les chevaux de course et le reste de leurs collègues de simples chevaux de trait. La vérité, c'est que ces hommes bouffis d'orgueil et si sûrs d'eux-mêmes étaient de très mauvais auxiliaires de justice. Les pires qui soient. Essentiellement parce qu'ils oubliaient les victimes et leurs droits. Quels que soient son sexe, sa couleur de peau, son origine sociale, son

1. Une demande d'indulgence est le nom donné à la demande d'annulation d'une contravention routière. Cette pratique, de moins en moins répandue, était courante (avant l'apparition du système automatisé des contraventions) et souvent utilisée comme service à charge de retour.

« pedigree »[1] ou ses problèmes, la victime était protégée par la loi et obligeait les enquêteurs à donner le meilleur d'eux-mêmes. Au nom de l'éthique. Au nom de la justice et du respect des valeurs humaines.

Tandis que sa respiration forme des petits nuages de condensation, Jike se dit que personne n'est jamais préparé à regarder, manipuler et fouiller un cadavre parfois massacré, abîmé ou violé, et que l'une des manières les plus humaines de se protéger consiste justement à déshumaniser la situation. Comme si l'on pouvait contrôler ses propres émotions. Comme si l'on pouvait mettre en action une rationalité parfaite dans un contexte à fort impact émotionnel, à forte incertitude, alors même que l'on est plongé dans des temporalités à vitesses variables : temps des victimes, temps judiciaire, temps politique, temps de la presse. Pour rester connectée à elle-même et aux autres, la première chose qu'elle fait toujours en arrivant sur une scène de crime, c'est de prendre le temps de saluer chacune des personnes présentes. La dernière à qui elle serre la main est la représentante du procureur de la République qui l'attend en sautillant sur place dans des escarpins inadaptés aux conditions climatiques.

— Bonsoir, madame Cooper, lui lance énergiquement la jeune femme. Contente de vous voir. J'ai l'impression que je vais geler sur place.

— Bonsoir, madame. J'avoue que je serais bien restée au chaud dans mon lit. Non pas que je n'apprécie pas votre compagnie mais…

— Allons, commandante, l'interrompt la procureure en souriant, rester au lit, c'est bon pour nos petits maris !

1. Le « pedigree » désigne le passé judiciaire d'un individu.

Avec un peu de chance, nous serons rentrées pour le petit déjeuner. Je vous fais le point... On a le corps d'un homme tué par arme à feu. Il se trouve dans les buissons, à une dizaine de mètres par là, poursuit la proc' en désignant du doigt l'endroit.

Tout en écoutant attentivement le récit de la magistrate, Jike sort son calepin et prend des notes.

— La victime est un homme noir d'une soixantaine d'années, poursuit la magistrate. Il porte des vêtements ordinaires et plutôt propres. Son corps n'est pas tout à fait rigide, ce qui laisse penser qu'il est mort depuis moins de douze heures. Pas de documents d'identité. Pas de trace de sang. Pas de vidéosurveillance dans le parc. Pas de témoin direct. Aucune empreinte de pas non plus. Bref, on n'a pas grand-chose pour l'instant.

Tout en résumant les propos de la magistrate sur son bloc, Jike réfléchit à la manière dont elle va débuter les investigations et orienter ses recherches. En faisant un tour sur elle-même pour embrasser l'ensemble des lieux, elle aperçoit Freddy Casier, un des enquêteurs de son groupe, prévenu par l'équipe de nuit et sans doute arrivé quelques minutes avant elle. Un échange de regards furtif lui permet de comprendre qu'il s'est déjà mis à la recherche de tous les indices possibles. Et dans ce domaine, Freddy excelle. C'est même un vrai « crack ». D'ailleurs, il n'est pas le seul membre du groupe à exceller en matière d'investigations criminelles. Sur ce point précis, elle insiste souvent sur la méthode à employer. Une méthode aux antipodes de celles pratiquées par quelques « éléphants » de la Criminelle, ceux-là mêmes qui brillent en racontant un passé judiciaire qu'ils n'ont souvent pas vécu, racontant partout avoir participé à l'interception de Mesrine ou à l'arrestation du terroriste Carlos. Sur les scènes de crimes, ces vieux de la vieille sont les adeptes de la fameuse « théorie de l'escargot » : partir de l'élément le plus lointain du cadavre pour, d'une manière circulaire, analyser toute la topographie et terminer par la victime. Cette technique est ensuite retranscrite sur le papier dans les célèbres procès-verbaux de constatations qui composent la procédure judiciaire. Ils y analysent l'arrondissement parisien, le quartier, la rue, puis l'immeuble ou le lieu de découverte du corps, et enfin le cadavre. Ils prennent soin d'y inclure des informations d'une grande précision mais inutiles pour l'enquête, rédigées de manière à prouver qu'ils sont de bons flics bien informés : nombre d'habitants de l'arrondissement, numéros de tous les lampadaires de la rue, statistiques criminogènes du quartier et tout un tas d'autres indicateurs chiffrés, destinés à créer un écran de fumée pour camoufler leur incompétence, leur imaginaire étriqué ou même leurs limites culturelles et cognitives. Jike, quant à elle, a bien compris qu'une telle méthode est surtout génératrice d'erreurs. À ses débuts, elle avait pourtant appris à la mettre en œuvre mais s'était très vite rendu compte que cette manière de travailler présentait un vrai problème sans qu'elle puisse vraiment mettre des mots sur son impression. Et puis, presque fortuitement, elle était tombée sur un livre fabuleux qui avait tout changé dans sa vie professionnelle et lui avait permis de commencer à faire évoluer sa pratique. Le livre de James Reason intitulé *L'Erreur humaine*, une sorte de bible des *safety sciences*, le domaine des activités techniques complexes. Depuis, elle avait adapté ses méthodes pour lui éviter de commettre trop d'erreurs, apprendre d'elles quand elle en commettait et s'entourer systématiquement de l'expertise de son équipe à tous les stades de l'enquête. Désormais, une fois la scène du meurtre minutieusement étudiée, Jike lui tournait le dos définitivement pour analyser tout ce qui se trouvait autour. Et ce geste symbolique, celui de laisser une scène de crime derrière soi, lui permettait de se détacher de cet effet aimant qui attirait naturellement tous les acteurs du procès pénal vers son centre, le cadavre. Ce cadavre qui focalise l'attention par un effet irrésistible de tunnellisation et génère immanquablement une dégradation importante de celle portée au contexte, à l'environnement, et introduit des biais si puissants qu'ils mènent l'enquêteur à fabriquer parfois des réalités alternatives. Jike sait bien qu'elle approchera la vérité sans jamais vraiment l'atteindre, mais elle sait surtout que le risque majeur est de perdre le lien fragile qui la relie à cette vérité, la « réalité de la réalité ». Celle qu'elle doit chercher et trouver au nom de son engagement, de son serment.

— Vous me tiendrez informée des éléments nouveaux ? demande la magistrate.

— Je vous appellerai pour vous rendre compte régulièrement, répond Jike tranquillement. Bonne nuit, madame.

— Bonne nuit, commandante. À plus tard.

Alors que la jeune femme s'éloigne, Jike peut enfin s'imprégner de la scène de crime. « Sa » scène de crime. À partir de cet instant, elle dirige l'enquête sous le contrôle du représentant du parquet et il n'est pas question que quiconque agisse sans lui demander son accord. Elle enfile sa combinaison blanche avant de s'approcher du cadavre, lampe torche à la main, balayant le sol afin de ne pas négliger ce qui pourrait constituer un indice. Puis Jike demande à tous les policiers présents de s'écarter un peu avant de franchir les derniers mètres qui la séparent du corps. L'homme est allongé sur le dos. Un impact de balle est visible sur le haut du crâne. Un tout petit trou net, en prise directe avec l'intérieur de la boîte crânienne. Les projections des gouttelettes de sang sur le visage indiquent qu'il s'agit sans doute d'un tir à bout touchant. Deux autres trous apparaissent au niveau du cœur. Le reste du corps semble intact.

— L'IJ[1] est passée ? demande Jike aux policiers en tenue, chargés de la protection des lieux.

— Ils arrivent, répond l'un d'eux, en montrant du doigt les techniciens qui se présentent devant l'entrée du parc.

En général, trois techniciens de scènes de crime se déplacent. Ils figent la scène en prenant un maximum de photos, parfois en filmant. Ils collectent les indices désignés par les enquêteurs, effectuent tous les relevés d'empreintes digitales, de traces biologiques, et dressent un plan précis et détaillé des lieux. Leur boulot est capital. Jike les laisse s'équiper. Personne ne doit toucher à un élément de la scène de crime et encore moins au cadavre tant que les techniciens de l'Identité judiciaire n'ont pas photographié les lieux et procédé aux prélèvements.

— Salut l'IJ, leur lance Jike, alors que les trois hommes en combinaison blanche s'approchent. Prenez les empreintes du mort. Je n'ai pas d'identité.

— Bien essayé, chère collègue ! Pas de relevé d'empreintes avant l'autopsie, lui répond Jean, un flic grand et maigrichon avec lequel elle a d'excellents rapports. Tu auras les résultats dans la foulée.

1. L'« IJ » désigne l'Identité judiciaire. Un service spécialisé de la police judiciaire dont la mission est d'assister, du point de vue technique et scientifique, les enquêteurs lors des constatations.

— Pour votre information, cher collègue, le protocole de janvier dernier permet les relevés sur la scène de crime.

— Je sais, je sais. Le protocole a encore changé. Néanmoins, je pense que les relevés seront mieux réalisés durant l'autopsie. Cela te dérange ?

— Fais comme tu le sens, Jean, c'est toi l'expert. Cette affaire ne sera pas simple à sortir. Tout ce que je te demande, c'est de me soigner les constatations.

— Laisse-nous bosser, Jike. On va te faire ça aux petits oignons.

C'est le moment que choisit Jike pour tourner le dos au cadavre et se concentrer sur l'analyse de l'environnement : le parc des Buttes-Chaumont, les immeubles d'habitations les plus proches, les caméras des alentours. Cela l'amène tout droit à s'intéresser à une personne clé du début d'une enquête : le requérant. Elle se dirige donc vers l'entrée du parc pour rencontrer celui qui a donné l'alerte et qui attend en grelottant, surveillé par deux flics de l'arrondissement. L'homme, un quinqua ordinaire à moitié chauve qui regarde le bout de ses chaussures en tirant frénétiquement sur un mégot, est un Parisien d'un quartier voisin. Jike s'approche de lui et lui montre sa carte tricolore.

— Je suis chargée de l'enquête. Vous m'expliquez ce qui se passe ?

Le type hésite, renifle, se tord les mains et finalement se lance. Il explique avoir franchi les grilles fermées du parc pour venir y faire des rencontres coquines homosexuelles. C'est un père de famille, terrorisé à l'idée que sa femme apprenne que son escapade du soir n'avait rien à voir avec le déménagement de son collègue. Il explique en bafouillant que, peu après minuit, déambulant dans les buissons, il avait trébuché contre le corps de la victime. Il avait alors prévenu immédiatement les secours et s'était aussitôt éclipsé pour ne pas être ennuyé. Il avait simplement oublié que son numéro de portable s'afficherait sur le poste de l'opérateur du 17 Police-secours qui l'avait rappelé et sommé de revenir sur place pour attendre les policiers.

Irritée par la nervosité de l'homme, Jike note son identité et le convoque le lendemain pour un interrogatoire. Elle se tourne alors vers Freddy qui revient de sa chasse aux indices.

— Alors, qu'est-ce que tu en penses ?

— Tu as dû remarquer comme moi le truc le plus flagrant, répond Freddy avec un petit sourire.

— Aucune trace de sang, ni autour du corps, ni sur le trajet entre son lieu de découverte et la sortie du parc…

— Exact. J'ai même fait l'extérieur, autour du parc. Rien sur les trottoirs, rien sur la route.

— Il n'a pas été tué ici, affirme Jike. Pas évident d'amener quelqu'un ici à cette heure-là, d'autant que le parc ferme à 20 heures l'hiver. Impossible de sauter pardessus les grilles avec un macchabée, tu ne crois pas ?

— Ça semble difficile… mais j'ai une idée.

— Je suis preneuse. Tu m'expliques ?

Freddy désigne le local à poubelles du parc, situé à quelques dizaines de mètres du cadavre.

— Dans ce petit bâtiment sont stockées les poubelles, principalement des containers de la ville de Paris. Tous sont vides. Il faudra interroger les éboueurs pour savoir quand ils sont passés la dernière fois. Mais il y a une chose qui me chiffonne. Ils ont sur leur flanc un autocollant avec leur adresse. Tous, sauf un dont le sticker a été arraché. Il faudra interroger les agents du parc de manière à savoir de combien de containers ils disposent. Je te parie ma paie qu'il y en a un de trop.

— Va prévenir l'IJ afin qu'ils fassent des photos de tout ça. De mon côté, j'appelle l'état-major pour dépêcher un camion qui va déposer ce container à la « cabine cyano ». Dis-moi, il a commencé à neiger à quelle heure ? demande Jike.

— Peu après 22 heures, je crois.

Jike regarde sa montre.

— Il est 4 heures. Si on part du principe que les grilles du parc ferment à 20 heures, que la victime est probablement décédée il y a moins de douze heures, on peut dire que le cadavre a été transporté entre 16 et 20 heures, donc avant qu'il neige. Il faut chercher des traces de sang sous la neige.

— Demande aux collègues en tenue de le faire en balayant la neige, suggère Freddy.

— Je vais leur demander de fouiller l'intégralité du parc.

— Tu te souviens de l'affaire du « tox[1] » ? ajoute Freddy alors que Jike tourne les talons pour mettre son plan à exécution. Tu sais, celui retrouvé calanché dans un container du local à poubelles de son immeuble ?

Jike comprend immédiatement où il veut en venir.

— Le container avait été monté dans son appartement après sa mort. Il avait été découvert plusieurs mois plus tard, c'est bien ça ?

— Exactement. On avait contacté le service de la ville de Paris chargé de la livraison des containers dans les immeubles. Ils avaient pu nous dire, à l'aide du code-barres du container, à quelle date la gardienne avait constaté sa disparition.

— On a un code-barres sur le nôtre, ce soir ?

1. Tox : abréviation de toxicomane.

— Non, aucun. Il a été arraché avec l'adresse. Mais ça vaut le coup de les appeler, non ?

— Demain, on appelle les gars de la ville. On les sensibilisera sur une disparition éventuelle de container.

— Bon, je file, termine Freddy avant de rallumer sa lampe torche et de poursuivre ses recherches.

— Hey, Freddy, lui lâche Jike, tu es génial !

— Je sais, lui crie-t-il sans se retourner.

Jike donne alors ses instructions aux gardiens de la paix : recherches de traces sous la couche de neige et fouille du parc. Les gars en tenue sont plutôt contents que la PJ les sollicite. D'abord, le temps passera plus vite, ensuite, ils auront moins froid qu'à attendre sans bouger comme des pots de fleurs, et enfin, ils se trouvent au cœur de ce qui fait le sens du métier de flic. Jike s'occupe également de commander à l'état-major un véhicule utilitaire pour faire transporter le container sans étiquette à la « cabine cyano ». La cabine, qui se trouve au siège de la police judiciaire parisienne, est suffisamment dimensionnée pour y faire entrer tout objet destiné à la recherche de traces papillaires à l'aide du procédé cyanoacrylate. C'est un dispositif chimique qui permet de révéler des empreintes digitales sur des surfaces lisses et foncées grâce à la polymérisation du cyanoacrylate de méthyle au contact de l'humidité contenue dans l'empreinte, ce qui forme alors une trace solide de couleur blanche parfaitement conforme à l'empreinte révélée, et donc comparable à celles contenues dans le fichier. Avec un peu de chance, ce container, dont la surface est lisse et sèche, parlera.

Jike retourne voir Jean, son collègue de l'Identité judiciaire qui observe le corps de la victime. Il lui fait un point sur ses propres recherches. Évidemment, aucune empreinte digitale ne peut être relevée dans les buissons du parc. Aucun objet n'a été découvert à proximité du corps. Hormis celles sur le cadavre et ses vêtements, aucune autre trace de sang.

— On le fouille ? demande Jike.

— C'est bon pour moi. J'ai pris les photos. On peut le bouger.

Dans une gestuelle rodée et efficace, en silence, Jean se positionne d'un côté du corps tandis que Jike lui fait face. Ensemble, respectueusement, ils retournent le cadavre. Cette opération, qui consiste à manipuler un corps, demande beaucoup d'humanité. C'est ce genre de geste qui fait du métier de Jike un métier pas tout à fait comme les autres. Elle observe. Toujours pas de traces de sang. Puis elle fouille avec délicatesse les poches de la veste et du pantalon. Elles sont vides. L'homme, de très grande taille, a les yeux et la bouche grands ouverts, comme s'il avait été surpris par sa dernière vision et s'était figé dans un cri silencieux. Il est propre, mais mal rasé et a des cheveux courts. Un flash traverse l'esprit de Jike. À la place du mort, elle voit son père, là, à ses pieds, le visage déformé par une grimace morbide. Elle chasse cette vision pour ne pas être aspirée. Son attention est alors captée par la découverte de ce qu'elle identifie comme deux nouveaux indices possibles. Elle remarque qu'entre le buisson où le corps a été découvert et l'allée goudronnée enneigée du parc qui mène à la sortie, le sol composé de gravillons et protégé par la végétation n'est pas recouvert de neige. En se rapprochant et en éclairant en diagonale avec sa lampe, Jike distingue dans le faisceau de lumière de légères traces parallèles et longilignes. Elle sort alors son mètre de sa mallette, se dirige vers le local à poubelles, identifie le container sans étiquette dont lui a parlé Freddy et mesure l'écartement des roues. Elle remarque au passage que celles-ci sont constellées de petits gravillons collés sur le caoutchouc des pneus. Puis elle retourne à proximité du cadavre et mesure la distance entre les sillons parallèles. L'écartement des roues et celui des sillons correspondent. Elle lève la tête, se dirige au bout de la partie gravillonnée à l'embranchement avec la partie goudronnée. À terre, elle remarque alors un papier de bonbon acidulé de la marque Lutteca. Ses enfants les adorent. Elle saisit avec précaution le minuscule emballage et le place dans un sachet en papier kraft qu'elle déplie après l'avoir sorti de sa poche intérieure. Ce genre de sac, elle a pris l'habitude d'en avoir toujours un ou deux sur elle. Mieux vaut être prévoyante. Tout en poursuivant ses recherches en s'éloignant de la scène de crime, Jike passe un bref appel téléphonique aux services funéraires de la ville pour qu'ils viennent prendre en charge le corps de la victime pour le transporter à l'IML, l'institut médico-légal de Paris, où aura lieu l'autopsie. Alors qu'elle continue à examiner le sol pour y trouver d'autres traces ou indices tout en échangeant au téléphone avec le permanent des services funéraires, elle est interpellée par un brigadier-chef joufflu et un peu débraillé.

— Commandante ! Nous avons fouillé le parc. Rien. Pas d'indice, pas d'arme, pas d'objets suspects. En revanche, après avoir balayé la neige… Venez voir, il me faut votre avis.

Jike suit le policier qui la conduit vers une des sorties du parc.

— Vous voyez ? lui dit le flic en lui désignant le sol, fier de lui.

Elle se rend compte que les mêmes traces qu'elle vient d'observer sont visibles au bout de l'allée goudronnée, après la sortie sud du parc, sur la partie du trottoir composée de gravillons. Elles remontent vers le nord en longeant la rue Botzaris et stoppent à l'angle de la rue Fessart, virant distinctement en direction de cette dernière. Il apparaît évident que le container a traversé la rue Botzaris à cet endroit. L'analyse de l'autre côté de la chaussée ne permet pas de retrouver d'autres traces, le sol étant cette fois-ci goudronné.

— Et puis il y a aussi ça, ajoute le flic en pointant de l'index un des lampadaires.

Jike lève la tête et est envahie par un frisson de satisfaction. Au-dessus d'elle se dresse, en haut de son mât, une caméra de surveillance de la préfecture de police. Malgré les controverses au sujet de la vidéoprotection (ou de la vidéosurveillance, quel que soit le nom qu'on lui donne) et ses conséquences sur les libertés publiques, d'un point de vue strictement professionnel, Jike reconnaît à ce dispositif le mérite d'être une véritable aide à l'enquête, un outil désormais incontournable dans les investigations criminelles. Comme n'importe quel élément de preuve, les images vidéo doivent bien sûr faire l'objet de nombreuses précautions dans leur traitement et dans le crédit accordé à leur valeur, mais il était désormais incontestable qu'il s'agissait d'un outil nécessaire, voire primordial, dans la conduite des opérations visant à la manifestation de la vérité. Comme d'habitude, l'équipe devrait vérifier que la caméra était, sur le créneau horaire intéressant, en bon état de fonctionnement, orientée dans le bon axe et calée sur la distance focale adaptée ; cela faisait tout de même beaucoup de « si » dans une équation à plusieurs inconnues.

— Si vous avez envie de vous recycler en PJ un de ces jours, venez me voir, dit Jike en souriant.

— J'aime trop la rue pour lâcher la tenue, commandante ! Si vous n'avez plus besoin de moi...

— Merci pour le coup de main. À un de ces jours.

Heureuse de cette découverte, Jike regagne le parc et demande à Jean de prendre des clichés photographiques du cheminement du container avant que les traces n'aient totalement disparu. Puis elle passe sur les ondes radio un message de remerciement à tous les policiers présents et les remet à la disposition de leurs états-majors respectifs en annonçant la fin des opérations sur place. Elle autorise alors les pompes funèbres, arrivées entre-temps, à prendre en charge le corps de la victime. Deux agents en combinaison de protection, gantés et porteurs de masques chirurgicaux, les yeux fatigués, attendent Jike près du cadavre. Dans des gestes rodés et sans un mot, lentement mais efficacement, les deux hommes commencent leur étrange travail, celui d'empaqueter un corps dans un sac à fermeture Éclair.

— N'oubliez pas de préciser au médecin légiste qu'il me mette de côté les vêtements en faisant très attention à les préserver. Je les enverrai en urgence au labo pour des recherches d'ADN, dit-elle aux deux agents.

L'un d'eux répond par un simple hochement de tête et Jike, pensive, assiste à la levée du corps.

À ce moment-là, elle se rend compte que Freddy est juste à côté d'elle, silencieux, à observer comme elle la victime disparaître dans son sac de plastique blanc. « On dirait une veillée funèbre », pense-t-elle. Quel que soit le passé de cet inconnu, quels que soient les motifs qui ont conduit à son assassinat, Jike pense qu'elle lui doit de chercher la vérité. Alors que le corps disparaît dans le frigo de la camionnette, Jike fait part à Freddy de la découverte des traces à l'extérieur du parc.

— Le container est parti pour la cyano, indique Freddy.

— Mon petit doigt me dit qu'il vient bien de la rue Fessart.

— On reviendra demain pour une enquête de voisinage dans ce quartier. Il faudra aussi voir si les commerces de cette rue possèdent des caméras.

Jike acquiesce.

— Demain... Je crois bien que ce sera une bonne journée. Enquête de voisinage, autopsie, ADN sur les fringues, identité de la victime, audition du requérant, exploitation des images vidéo, traçage administratif du container, recherche d'empreintes...

— On met toute l'équipe sur le coup ?

— Si on ne prend rien d'autre cette nuit, oui. Allez ! On remballe, ordonne Jike en regardant sa montre. J'avais aussi promis de faire un pot-au-feu pour ce soir. Je ne sais pas comment je vais trouver le temps. Tu t'y connais en pot-au-feu ?

— Que dalle ! répond Freddy. On ne peut pas être bon en tout, cheffe, lui lance-t-il en s'éloignant. Je m'occupe de la fermeture du parc et je prends les croissants en passant !

Il est 6 heures passées. Jike se recentre en un éclair sur sa vie de famille. Si elle se débrouille bien, elle a le temps de rentrer, lever les enfants, déjeuner avec eux et de les emmener à l'école. Avec un peu de chance, elle pourra même faire trois courses pour le dîner qu'elle a promis.

— On bécancra[1] plus tard. On se retrouve à la brigade à 9 heures.

Tandis que Freddy s'est déjà éloigné, Jike le rappelle :

— C'est du bon boulot, Freddy.

— T'inquiète, lui lance-t-il le pouce levé.

Jike enlève sa combinaison de protection, la range avec sa mallette et son scellé dans le coffre de sa 306,

1. Bécaner : se mettre à la bécane (en référence à la machine à écrire ancêtre des ordinateurs) et rédiger les procès-verbaux.

puis reprend le chemin du nid familial. Ses pensées sont partagées entre la liste des investigations à mener et celle des courses pour ce maudit pot-au-feu. Une promesse est une promesse.

3

Rentrer pour le petit déjeuner et conduire les enfants à l'école, c'est un luxe assez rare que Jike savoure à sa juste valeur. En franchissant la porte de l'appartement, elle comprend aussitôt que Fred est sous la douche et que les deux filles dorment encore. Elle a juste le temps de jouer à la femme parfaite, juste de quoi leur montrer combien elle est nécessaire dans leur vie... Elle se précipite dans la cuisine et se lance dans la préparation du petit déjeuner. Au menu, kiwis, fruits secs, pains aux céréales, chocolat chaud pour les enfants et café pour le grand. En quelques minutes, tout est prêt pour accueillir ce qu'elle a de plus précieux : sa famille. Elle veut qu'ils oublient qu'elle a déserté le nid en pleine nuit. Pourtant, tout droit sorti de la douche avec une serviette autour de la taille, Fred l'observe depuis un moment appuyé contre la porte, silencieux, entre admiration et lassitude.

— Tu m'épateras toujours. On dirait Wonder Woman. Tu pars dans la nuit sauver l'humanité, arrêter des bandits, consoler les pauvres victimes de ce monde sans pitié, et tu reviens comme un coup de vent ! Je n'ai même pas pu caresser l'espoir de préparer le petit déj', ce qui, soit dit en passant, m'aurait permis de m'occuper et d'oublier ma contrariété... Et là, hop, d'un coup de baguette magique, tout est en place ! J'ai vraiment l'impression d'être cet abruti de Jean-Pierre dans *Ma sorcière bien aimée.*

Jike sait parfaitement ce que Fred entend par ce pseudo-compliment au ton acide. Il lui reproche parfois de l'étouffer et de rendre ses actions, celles entreprises en son absence, invisibles ou insipides. Elle comprend bien que l'instinct mâle qui somnole en lui enrage de se croire trop souvent inutile et qu'elle pourrait se passer de lui. Mais ce qu'il ne comprend sans doute pas, c'est combien elle se sent coupable, que la seule voie qu'elle a trouvée pour vivre avec cette culpabilité, c'est de donner à tous, y compris à elle-même, l'impression que rien ne pourrait fonctionner sans elle.

— Si je n'étais pas revenue, tu aurais oublié le kiwi pour les filles. Et les vitamines, c'est important le matin…

Jike a juste le temps d'esquiver la serviette que Fred vient de lui lancer au visage, avant de l'entendre marmonner, complètement nu : « Et en plus elle a des réflexes de pongiste. » Jike sourit et se dit que cet homme-là est le sien, et qu'elle l'aime. Qu'il ne peut rien arriver. Puis, le quotidien s'impose dans un rythme de jour de semaine. Elle réveille ses filles en les couvrant de baisers tandis que Fred cherche encore une fois « son-pantalon-gris-tu-sais-celui-qui-me-fait-des-fesses-de-BG[1] ». Puis c'est la séquence d'habillage des enfants, la préparation des cartables, alors qu'on avait dit depuis longtemps qu'il fallait qu'ils soient prêts la veille au soir, la révision des leçons du jour en avalant le petit déjeuner, le brossage des dents, le tressage des couettes et les barrettes sur les queues-de-cheval pour être enfin prêtes… en retard comme toujours, mais de bonne humeur.

Quelques minutes plus tard, Jike et Fred se trouvent devant la porte de l'école, au milieu de dizaines d'autres parents dont les trois quarts au moins courent aussi après le temps. Des papas en costume et des mamans en tailleur, pressés et les yeux cernés, à pied, à vélo ou en trottinette, et quelques papis ou mamies portant des sachets

1. BG : beau gosse en langage adolescent.

de pains au chocolat. Bref, une école le matin. Un peu bobo, un peu populo, un peu grise mais bien vivante. Ils regardent les deux filles s'éloigner en leur adressant un dernier « coucou ». Fred tente une approche :

— Tu as le temps de boire un petit café, Wonder Woman ?

Jike prend le visage de son mari entre ses mains. Il fait froid. Une fine vapeur s'échappe de sa bouche.

— Tu es gentil mon chéri mais je te rappelle que j'ai bossé cette nuit, que j'ai une nouvelle affaire sur le feu et qu'il est déjà huit heures et demie. Et donc, non ! Je n'ai pas le temps de boire un café mais je te promets qu'on prendra le temps une autre fois. Et n'oublie pas que ce soir, c'est pot-au-feu… Je t'aime, mon homme.

Elle lui pose un rapide baiser sur la bouche sans lui laisser le temps de répondre et regagne sa voiture en trottinant. Fred la regarde s'éloigner. Ceux qui le connaissent remarqueraient dans ses yeux ce mélange de colère et de tristesse. Si Jike avait pris le temps d'un dernier regard, elle aurait peut-être reconsidéré l'offre d'un café. Mais Jike court, Jike fonce, Jike contrôle. Sans vraiment le savoir, elle laisse filer le temps, le seul qui vaille quand vient l'heure des comptes. Et les comptes, Fred est en train de les faire. De les préciser chaque jour un peu plus sans jamais savoir quand et comment en parler avec celle qu'il aime mais qu'il sent s'éloigner de lui depuis trop longtemps. Il finit par hausser imperceptiblement les épaules, prend une grande inspiration, se redresse puis tourne le dos pour prendre la direction opposée de celle de sa femme.

Chaque enquête est unique. Chaque histoire criminelle obéit à une logique bien à elle, extraordinaire à sa manière, que Jike et son équipe doivent percevoir et assimiler. Le plus important, ce qui est fondamental, c'est surtout d'avoir une compréhension commune de la situation, des faits ; c'est l'une des clés de la réussite. Une enquête judiciaire est un parcours complexe semé de pièges pouvant mener à commettre de nombreuses erreurs d'interprétation, parfois même des fautes. Une complexité qu'il faut accepter comme telle pour se donner une chance de faire éclater la vérité sans se retrouver coincé dans une impasse. Pour Jike, cette compréhension commune passe par l'histoire que le groupe devra se raconter et sur laquelle chacun devra tomber d'accord. Une histoire de vie, avec ses personnages, ses protagonistes, ses situations, son arche dramatique. Tant que cette histoire bute sur des incohérences, tant qu'on a du mal à croire aux dialogues, aux situations, c'est que le boulot n'est pas fini. Jike a parfois le sentiment de travailler comme une scénariste qui explore les vies de ses personnages depuis leur naissance jusqu'à leur mort, pour rendre crédible la seule parenthèse de leur existence dans laquelle elle décide de les présenter. Quelques minutes de vie ou de mort, quelques instants dramatiques, humains, qu'il faut raconter à un public pas forcément acquis. En l'occurrence, son public, ce ne sont pas les spectateurs d'une salle de cinéma mais les jurés d'une cour d'assises qui devront juger, condamner ou acquitter au nom du peuple français. Pour une enquêtrice telle que Jike, ce boulot passe par des étapes fastidieuses : identifier et arrêter les coupables, rédiger des pages et des pages traduisant chaque intention, chaque action et chaque résultat obtenu, respecter une procédure complexe et lourde, des règles du jeu très précises qui ne supportent pas le moindre écart. C'est un exercice d'autant plus difficile qu'elle sait que les êtres humains, elle comprise, sont très limités dans leur capacité à traiter les informations. Des limites qui tiennent moins à leur rationalité très imparfaite qu'à leur excès de confiance dans leurs propres capacités cognitives. Nous avons tous tendance à trop faire confiance à notre mémoire, à penser intimement en savoir beaucoup plus que ce que nous savons en réalité et nous sommes sûrs de notre libre arbitre alors que nous sommes soumis à des forces et pressions sociales qui nous influencent inconsciemment. Au cours d'une enquête, le traitement des innombrables informations disponibles fait appel à des compétences très particulières relevant plus des capacités cognitives qu'à des aptitudes techniques : réponses réflexes devant des situations déjà vécues, mise en œuvre de procédures plus ou moins compliquées, maîtrisées et apprises, mémorisation d'innombrables informations. Le travail d'enquêteur exige une patience infinie, de l'obstination, de la précision et beaucoup d'humilité. Jike sait que les biais cognitifs sont inévitables, essaie toujours de garder en mémoire la cartographie précise de tout ce qu'elle ne sait pas plutôt que de valoriser ce qu'elle sait, et s'emploie plutôt à se poser des questions en évitant d'asséner trop d'affirmations. Elle garde toujours en tête que seul le travail en équipe offre une petite protection contre le risque dommageable d'erreurs et impardonnable de fautes. Dans son domaine professionnel, l'erreur se paie par des coupables en liberté et des innocents en prison ; les fautes par des sanctions disciplinaires et un impitoyable jugement de ses pairs. Pour Jike, ce n'est tout simplement pas une hypothèse acceptable. Dans sa quête de perfection, elle juge l'erreur difficilement pardonnable et exclut toute éventualité de faute. Elle le rappelle souvent à son groupe en imitant Ed Harris dans le rôle de Gene Kranz, le directeur de vol de la mission Apollo XIII, dans le film éponyme : *Failure Is Not an Option.*

Chaque affaire s'ancre dans un milieu unique, souvent singulier, concerne des « acteurs » et des personnages aux origines diverses, met en scène des destinées inattendues, parfois très originales, voire invraisemblables. C'est ce qui fait la richesse de ce métier qu'elle adore.

Il faut de nombreuses qualités personnelles pour être un bon enquêteur. L'une d'elles, probablement la plus importante, est la capacité à s'immerger, à se plonger dans un milieu autre que le sien, à dépasser ses préjugés, parfois même ses convictions, le tout en un temps record. Comme un caméléon, il faut prendre les couleurs de ce nouvel univers pour y passer inaperçu, l'observer, en décoder les règles.

La réussite de l'enquête dépend de la bonne compréhension de l'environnement du meurtre, de la représentation exacte des faits, de leur enchaînement, de leur chronologie. Jike se souvient des rivalités entre bandes tamoules qui l'ont contrainte à un apprentissage express des codes de cette communauté, de ses antagonismes qui trouvent leur source au Sri Lanka ou en Inde, à des années-lumière de notre Hexagone. *Idem* lorsqu'elle a dû s'immerger dans le monde des camés au crack, pour comprendre le fonctionnement de leurs réseaux, identifier leurs lieux de shoot de prédilection et leurs ressources, mieux accepter leurs souffrances aussi. Jike se remémore ces enquêtes sur fond de mariages blancs dans les communautés africaines où elle tentait de décoder les non-dits de familles déracinées, d'anticiper les réactions violentes de protagonistes liés par le sang ou simplement par des règles tribales venues d'un autre temps. Jike n'oublie pas non plus les violences et les meurtres dans les milieux les plus aisés de la capitale, où les liens familiaux ne sont plus que des paravents pour dissimuler les jalousies intergénérationnelles et les embrouilles entre héritiers. Comment, encore, dans ce monde de ténèbres, oublier les règlements de comptes sur fond de prostitution, révélant le traitement le plus sordide, le plus dégradant, de femmes et de gosses sacrifiés ? Comment passer sous silence ces violences entre SDF, misérables parmi les misérables, qui refusent presque toujours d'aller dans les centres d'hébergement pour ne pas se faire dépouiller du peu de choses qu'ils possèdent encore. Comment, enfin, ne pas se remémorer ces femmes ou ces enfants battus qui vivent un calvaire durant des années dans l'indifférence générale ? La liste est sans fin.

Chaque jour, ou presque, Jike et son équipe grattent, fouillent, s'immergent et écrivent – comme s'il fallait plus encore s'imprégner de ces univers poisseux – des pages et des pages de procès-verbaux où ils relatent l'intégralité de leurs faits et gestes, de leurs raisonnements et analyses. « Tu pisses, tu actes[1] ! » ont-ils coutume de répéter aux jeunes recrues de la PJ. Car c'est dans ce travail d'écriture qu'émergera la vérité, une histoire qui marquera les mémoires et offrira à la justice, à laquelle Jike croit encore, l'opportunité de juger.

C'est dans ce monde parallèle, trou noir sans fond, livré à tous les trafics, à toutes les peurs et aux instincts les plus vils, que Jike s'immerge à chaque fois tout entière, y laissant toujours un peu plus d'elle-même, un peu de cette innocence pourtant nécessaire pour ne pas renoncer et continuer à croire qu'elle n'est pas tout à fait inutile.

1. Cette expression signifie qu'une procédure judiciaire doit faire état de tous les actes accomplis par les enquêteurs, sans exception, afin de garder trace de leur temporalité et de leur chronologie.

Perdue dans ses pensées, Jike n'est bizarrement pas ralentie par la circulation parisienne à cette heure de pointe. Les annonces météo de la veille ont sans doute porté leurs fruits et les Parisiens auront troqué leurs voitures contre un trajet en métro ou une journée de congé forcé. La neige donne à Paris une allure de gigantesque station de ski. Par endroits, finalement, c'est assez beau.

4

À peine arrivée dans son bureau de la rue Louis-Blanc, l'adresse du 2e district de police judiciaire, Jike rassemble son équipe. Que des hommes. C'est elle qui les a tous recrutés. Elle ne s'en cache pas, elle préfère bosser avec des hommes plutôt qu'avec des femmes. C'est un sujet qu'elle n'aime pas beaucoup aborder, parce qu'elle-même ne comprend pas bien les raisons profondes qui la motivent. La dernière fois, c'est Fred qui l'avait titillée en lui faisant remarquer que, parfois, il n'était pas tout à fait rassuré de la savoir entourée de mâles alpha du matin au soir. Il s'interrogeait sur les raisons de ces choix managériaux. Jike l'avait alors renvoyé dans ses cordes assez durement : « Le jour où tu auras fait vingt ans de PJ, tu viendras et je t'embaucherai. D'accord mon chéri ? » Fred avait lâché l'affaire, ravalé ses peurs et ses doutes. Il en avait gardé un goût amer.

9 h 15. L'équipe est au grand complet dans la salle de réunion. Une salle à l'aspect désuet, meublée d'un canapé de récupération, d'une machine à café offerte par un voisin, d'armoires métalliques, de deux frigos usagés et d'objets étranges, comme cette série de masques africains accrochés au mur, récupérés au cours d'une enquête et depuis longtemps oubliés par le greffe du tribunal.

Le groupe compte six flics, en plus de Jike. Maurizio Canongeri, son adjoint, un binoclard de 40 balais passés, est le premier à prendre la parole. Jike aime les personnalités avec du caractère. Ça tombe bien, du caractère, Maurizio n'en manque pas. Créatif, très expérimenté, il brille par son charisme qu'il attribue à ses origines italiennes par sa mère. Cela lui vaut parfois le surnom de « Pesci » en référence à l'acteur américain Joe Pesci, réputé pour ses rôles de mafieux petit en taille mais dangereusement hargneux.

— Pas la peine de nous briefer. Freddy nous a parfumés[1], déclare Maurizio tout en offrant une tasse de café à sa cheffe.

— On va gagner du temps, alors, acquiesce Jike. Chacun sait ce qu'il a à faire ?

— Je m'occupe des recherches sur le container et des vidéos du secteur du meurtre, dégaine Freddy, comme s'il voulait être certain de garder la primeur de ces recherches.

— OK, le coupe Jike, qui se farcit l'autopsie ?

— Je m'y colle, répond Jacques Tombot, un grand gaillard tatoué sur la moitié du corps et porteur d'une longue barbe blonde taillée en pointe. Son surnom, c'est « La Momie ». Un sobriquet qui lui vient autant de son nom de famille, que de son look très spécial. C'est sa deuxième autopsie de la semaine. Le week-end dernier il a assuré celle d'une petite mamie morte derrière sa porte d'entrée après une chute de son escabeau alors qu'elle cherchait à changer une ampoule. Le corps avait été découvert par les pompiers après plusieurs semaines, alertés par la voisine qui ne supportait plus l'odeur. Le groupe s'était tapé l'enquête parce que la proc' avait eu un doute sur l'approche accidentelle de la mort, malgré les évidences. Mais un mort est un mort et Jike ne refuse jamais une saisine même si dans ce cas, il leur avait fallu à peine quarante-huit heures pour confirmer la cause accidentelle.

— Veinard, lui envoie Carlos, mal rasé, la quarantaine, visage sévère et anguleux, ancien footballeur de haut

1. Parfumer : informer.

niveau, toujours fan de sport mais plus vraiment sportif et le genre de type à qui personne n'a envie de chercher des histoires. Carlos est le surnom que ses collègues lui ont donné. D'origine russe par son père, sa véritable identité est Karl Tulusof, ce qui lui a valu de nombreux surnoms tout au long de sa scolarité qu'il a arrêtée juste après le bac. De mon côté, je convoque tous les témoins, le requérant, les éboueurs, les agents de la ville, commence-t-il à expliquer avant d'être interrompu par des coups frappés à la porte du bureau…

— Entrez ! fait Jike.

Un homme en tenue d'agent d'entretien ouvre la porte et entre. Alors que tous les regards se tournent vers lui, il engage rapidement la conversation :

— Je dois nettoyer les dessus des armoires.

— Les dessus des armoires ? interroge Maurizio intrigué.

— Oui, les dessus des armoires. C'est ça.

— Uniquement les dessus des armoires ? rebondit La Momie.

— C'est ce que je vous dis, confirme l'agent d'entretien devant une assemblée stupéfaite.

— Je vous en prie, faites comme chez vous, dit Jike.

D'un regard circulaire, l'homme fait un état des lieux. Il s'agit du plus grand espace du service. Cinq armoires. De vrais fourre-tout ! On y trouve aussi bien des dossiers, des talkies-walkies, les clés et les papiers des véhicules de service, des fiches de scellés, que des gilets pare-balles ou des affaires de sport et même quelques bouteilles, de celles qu'on débouche quand on a bien bossé… Le manque de place dans les locaux de police est une réalité, raison pour laquelle le dessus des armoires est aussi largement exploité : cartons à scellés, papiers pour les imprimantes, boîtes en tout genre, posters et autres décorations s'y entassent allègrement ! Il y a même une vieille batteuse, une de ces antiques machines à écrire de marque Olympia, portant une étiquette « Jurassic PC ». L'agent d'entretien, les yeux fixés sur le haut des armoires, stoppe net sa progression.

— Bah quoi ? questionne Maurizio.

— Je ne suis pas autorisé à déplacer les objets qui sont posés dessus, faudrait d'abord tout vider.

— Cela ne sera malheureusement pas possible, lui dit Jike.

L'agent d'entretien, qui doit ressentir les ondes négatives circulant dans la pièce, n'insiste pas et préfère s'éclipser.

— Combien ça peut gagner de faire un job comme ça ? interroge Carlos, sincèrement ennuyé pour le type.

— Le pauvre. Y a qu'ici qu'on voit des *cleaners* spécialisés dans les hauts d'armoires, ajoute Jike en souriant.

Puis, reprenant son sérieux, elle énumère la liste des investigations à lancer en priorité :

— Il faut d'abord identifier la victime, trouver et contacter sa famille. Si les paluches ne parlent pas, il faudra utiliser le prélèvement réalisé pendant l'autopsie et destiné à la recherche ADN. Il faut aussi envoyer les vêtements au labo et faire l'enquête de voisinage aux Buttes-Chaumont. Retrouvez-moi aussi des témoins ou des vidéos, ce container ne s'est pas déplacé tout seul. Ah ! Fabien, tu peux me faire la téléphonie du secteur des Buttes ?

— OK, je m'en charge, répond Fabien Deimos, l'autre barbu du groupe.

Cet ancien dessinateur de BD a passé le concours de gardien de la paix après avoir été intermittent du spectacle. Il a été ingénieur du son dans le cinéma durant cinq ans et a intégré l'équipe récemment, recruté pour ses qualités en matière d'exploitation des communications téléphoniques. Un expert en la matière, le genre de type capable de vous retrouver le numéro de téléphone du meurtrier au milieu de deux millions d'appels. Sa rapidité d'esprit et d'exécution impressionne tout le monde.

— Max, ajoute Jike, d'autres idées ?

Maxime Lafourche est un élément incontournable du groupe, un vieux flic de presque 50 ans, le plus ancien sans être le plus gradé, il a passé ses quinze premières années professionnelles dans les services de renseignements où il a occupé différents postes dans des unités de terrain. Mais il a quitté ce monde qu'il qualifie de détestable pour celui plus franc de la Criminelle. Son expérience fait souvent la différence et ses intuitions se vérifient fréquemment. Si Jike le questionne, c'est qu'elle a envie de connaître son analyse aux premiers instants de l'enquête. Le silence de Maxime trahit l'état de réflexion dans lequel il est plongé. Sûr de lui, il annonce :

— Ce dossier va être coton : pas de trace de sang, pas de témoin, pas de caméra dans le parc lui-même, un corps déplacé juste avant qu'il neige, pas d'indice, pas d'empreintes, pas d'identité de la victime, un container soigneusement planqué, et surtout – ce qui me surprend le plus –, ces trois coups de feu, deux dans le cœur et un sur le haut du crâne... Vous ne trouvez pas que ça fait un peu boulot de pro ?

Le reste de l'équipe l'a écouté sans broncher et médite ses remarques.

— Désolée de te contredire, mais on a un indice, dit Jike. Un papier de bonbon Lutteca. C'est déjà ça ! Allez, on s'y met.

L'équipe est toujours impressionnante lorsqu'elle se met au travail. La réunion qui vient d'avoir lieu était presque superflue. Chaque élément du groupe sait ce qu'il doit faire. Et les enquêtes avancent vite et bien, avec un engouement et une réussite qui fait des jaloux.

Jike est la preuve vivante de la pensée d'Oscar Wilde, selon laquelle : « Toute réussite nous attire un ennemi ; c'est la médiocrité qui entraîne la popularité. » Et elle n'est pas très populaire au sein du 2e DPJ. Probablement parce qu'elle s'élève toujours contre la médiocrité et le fait savoir : les enquêteurs paresseux et minimalistes, les instructions bâclées, les investigations conventionnelles, la jalousie entre collègues, elle ne laisse rien passer. Jike a toujours privilégié une méthode de management fondée sur le respect, plaçant chaque membre de son équipe – y compris elle-même – face à ses responsabilités. Ainsi, elle s'emploie à démystifier la fonction de chef de groupe, trop souvent survalorisée dans le management de la PJ. Raison pour laquelle Jike a toujours travaillé en toute transparence avec son équipe et exigé que chacun en fasse de même. Alors que d'autres utilisent l'information comme un pouvoir et ne la distillent qu'au compte-gouttes pour servir leurs intérêts personnels, Jike la partage toujours avec ses coéquipiers, persuadée que pour résoudre des enquêtes ou des problèmes relationnels, chacun doit avoir toutes les cartes en main. Et les résultats de son groupe prouvent que sa méthode fonctionne ! Ses lectures asiatiques lui avaient fait découvrir les écrits de Taizong Tang, un des plus célèbres empereurs de Chine, dont les intuitions en matière de management avaient inspiré Jike qui avait dévoré ses conseils et notamment celui-là : « Un souverain éclairé tient compte des opinions divergentes des siennes, un souverain arrogant ne tient compte que de son opinion. » Intuitivement, Jike mettait en pratique les méthodes managériales les plus efficaces.

Elle avait remarqué que le groupe fonctionnait toujours mieux lorsqu'elle mettait en œuvre les principes de management que les sociologues des organisations appelaient par exemple « hiérarchie restreinte impliquée » et les militaires « *mission command* ». En tant que cheffe, il lui appartenait de fixer le cap, les objectifs, et d'expliquer pourquoi elle les pensait justes et adaptés, pour laisser les talents et expertises s'exprimer favorisant ainsi la liberté et la rapidité d'action. Elle encourageait régulièrement les délibérations à égalité où elle jouait parfois l'avocate du diable, poussant chacun à dépasser ses idées reçues et ses convictions pour laisser une large part au doute, et surtout, pour ne rien abandonner à des interprétations fausses, à des preuves trop légères, à des ressentis biaisés. Ce mode de fonctionnement pourtant remarquable était condamné par une partie de la hiérarchie qui voyait dans cette pratique une forme de rébellion devant les règles traditionnelles d'organisation, de hiérarchisation et de fonctionnement de la police en général, et de la police judiciaire en particulier. Les réussites presque magiques du groupe retenaient pourtant les patrons d'y mettre un terme. Tant que les statistiques de performance étaient bonnes, ces quelques chefs sans imagination laissaient faire, guettant du coin de l'œil le moindre faux pas, histoire de justifier leur positionnement hiérarchique et de satisfaire leur ego. Avec un peu de curiosité et d'ouverture d'esprit, ils auraient vite compris que la réussite de Jike reposait sur la compréhension puissante et intuitive des règles de fonctionnement des groupes humains et sur une perception aiguë de la mission. À n'en pas douter, la commandante Cooper aurait fait un excellent sous-marinier ! Elle savait que sans son équipe, elle ne valait rien. Son rôle réel se réduisait d'ailleurs, selon elle, à celui de garant des liens qui unissaient les membres de son groupe. Au cours d'une enquête, Jike n'investiguait pas autant que ses hommes, préférant se concentrer sur la communication avec les magistrats et la hiérarchie, l'organisation globale et la définition des objectifs, la collecte et le regroupement des éléments de preuves recueillis, et enfin, la synthèse finale. Elle se considérait comme un échelon de coordination et consacrait son énergie à être une force de propositions, à tantôt défendre, tantôt débattre, parfois imposer les idées originales mises en avant par les membres de l'équipe. Ce n'était pas toujours chose aisée dans un milieu policier très conservateur.

L'enquête des Buttes-Chaumont ne déroge pas à la règle. Pendant que ses équipiers s'activent, Jike a déjà commencé sa synthèse, répond au téléphone, rend compte, collecte les renseignements glanés, diffuse toute nouvelle information, analyse toute avancée et prend les décisions qui relèvent de sa responsabilité sans jamais omettre d'en débattre. Son propre bureau est le terrain d'un défilé permanent, un lieu de réunions improvisées, un théâtre d'opérations vivant, entièrement dédié aux objectifs : comprendre, expliquer, découvrir, décider, agir.

Alors que Jike réfléchit devant le tableau blanc qui recouvre un des murs de son bureau – tableau où chacun, d'un seul coup d'œil, peut visualiser les avancées de l'enquête –, Freddy passe une tête par la porte pour lui annoncer qu'il revient de la cabine cyano, et qu'il n'y a aucune empreinte ni aucune trace d'ADN sur le container à poubelles.

— Il a été nettoyé ? demande Jike.

— *Yes!* répond Freddy. Les analyses ont mis en lumière des traces de « glissé » laissées par des gants sur l'extérieur.

En revanche, j'ai demandé des prélèvements à l'intérieur. Je me dis que si la victime a été transportée dans le container, c'est compliqué d'effacer toute trace ADN. Je suis aussi passé par le labo leur remettre les prélèvements. On aura les résultats dans la journée.

— Tu as appelé les services municipaux pour vérifier s'ils avaient des disparitions de poubelles ?

— Pas eu le temps. Je m'y mets, lui répond Freddy qui a déjà tourné les talons.

— J'ai lancé toute la téléphonie ! crie Fabien du bout du couloir.

— Ça donne quelque chose à première vue ? lui demande Jike sans bouger de son bureau, alors que son propre téléphone se met à sonner.

— Rien. Pas de communications suspectes, mais il faut que j'approfondisse, finit d'expliquer Fabien quand Jike décroche le combiné.

— C'est La Momie.

— Je t'écoute, Jacques.

— L'autopsie est terminée. Les paluches ont été prises avant de commencer. Tu as eu l'IJ pour les résultats ?

— Pas encore. Quelle est la balle qui l'a tué ?

— Les trois, commandante ! Pour le toubib, chacune d'entre elles était destinée à tuer et les deux autres pour s'assurer qu'il ne pouvait en réchapper. Le légiste avait rarement vu ça ! « Du travail de pro », il a dit.

— Laquelle a touché en premier ?

— Pas facile à savoir. Elles ont été tirées dans un temps très, très rapproché et à bout touchant. Ah ! Un truc intéressant… Il y a des traces de maintien au niveau des poignets.

— Il a été maintenu par des complices ?

— Plutôt des liens. Les traces sont caractéristiques de cordelettes. De toute façon je te fais un P-V d'assistance dès que je rentre. Sur le chemin je passe au labo leur remettre les fringues et le prélèvement pour l'ADN, je vais demander qu'ils étudient spécifiquement les zones des deux poignets.

— N'oublie pas de leur donner mon scellé de l'emballage de bonbon.

— T'inquiète. À tout à l'heure, cheffe.

Carlos, qui attend son tour devant le bureau de Jike, profite de cette seconde d'accalmie :

— J'ai entendu[1] le requérant. Un drôle de type. Il était vraiment dans ses petits souliers. Il a buté contre le macchabée en cherchant l'amour. Il m'a fait toute une histoire pour que sa femme ne soit pas mise au courant de ses distractions nocturnes. En même temps, je le comprends. Bref, il n'habite même pas le quartier. Y a rien à en tirer. Je pars sur les Buttes pour l'enquête de voiz'[2].

— Je viens avec toi, le coupe Freddy. J'ai eu la ville pour le container. Le gardien d'un hôtel miteux de la rue Pradier les a contactés ce matin pour s'en faire livrer un nouveau. Il s'est fait chourer le sien cette nuit... J'ai pris les clés de la Mondeo, ça te va ?

— M'en fous, tout ce que je te demande, c'est de pas nous mettre sur le toit avec cette neige, répond Carlos.

— Tenez-moi au courant, leur demande Jike alors que les deux hommes sont déjà loin dans le couloir.

Peu de temps après, c'est au tour de Maxime de tenter une percée dans le bureau de Jike. Il revient de la salle

1. « Entendre » signifie procéder à l'audition d'une personne.

2. L'enquête de voisinage : un porte-à-porte dans le quartier où le corps a été découvert afin de recueillir les éventuels témoignages.

d'exploitation vidéo. Il a récupéré et visionné toutes les images des caméras du secteur et fait son compte rendu :

— J'ai deux nouvelles. Une bonne et une mauvaise. On commence par laquelle ?

— La bonne, répond Jike qui résume sur l'immense tableau blanc les informations qu'elle vient de collecter.

— La caméra de la rue Botzaris fonctionne. Elle pivote toutes les trente secondes et permet de voir à un moment deux silhouettes qui poussent un container. Elles viennent de la rue Fessart pour entrer dans le parc.

— Quelle heure ? questionne Jike.

— 19 h 33 lorsqu'elles pénètrent dans le parc.

— On peut les reconnaître ?

— Ça, c'est la mauvaise nouvelle. La caméra est un modèle ancien. Le parc de caméras est en train d'être renouvelé mais celle-là ne devrait être remplacée qu'en 2022. En plus, elle filme en champ très large et c'est tellement pixelisé quand tu zoomes que la seule chose que tu peux voir, c'est deux formes sombres pousser un vague truc dans une rue mal éclairée. Mais bon, comme j'aime bien rester sur une note positive, je suis prêt à parier que les deux individus portent des fringues d'éboueurs. J'y mettrais même ma main à couper ! Tu sais, les tenues avec des bandes rétroréfléchissantes ? Elles brillent à la vidéo.

— Tu es au top, Max. Appelle Freddy et Carlos pour les mettre au parfum. Ça leur sera utile pour leur enquête de voisinage. Et rédige ton P-V d'exploitation des images maintenant, n'attends pas le dernier moment comme d'habitude.

— Je ne peux pas les rejoindre ? Je rédigerai le P-V après ?

— Niet. Le P-V, c'est maintenant.

L'organisation doit être impeccable pour éviter d'oublier des actes de procédure et limiter les risques de nullité systématiquement recherchés par les avocats de la défense. Aussi, tous les P-V rédigés quasiment en temps réel par les membres du groupe atterrissent sur le bureau de Jike qui les lit et les relit dès qu'elle a un moment. Quand elle relève d'éventuelles erreurs, elle les fait corriger puis les classe dans l'ordre chronologique avant de s'en servir pour la rédaction de sa propre synthèse.

Le P-V. Abréviation de procès-verbal… L'outil incontournable de la procédure pénale. Chaque acte d'enquête, chaque minute d'investigation, chaque recherche effectuée doit y figurer. Sur tous les P-V figurent l'identité du rédacteur, son grade, la date et l'heure précises de sa rédaction de manière à pouvoir classer dans l'ordre chronologique, comme un journal de bord, l'ensemble des actes réalisés au cours de l'enquête. Il s'agit aussi de s'assurer que la procédure a été respectée et que les enquêteurs avaient bien les prérogatives pour agir. En France, la procédure est dite « inquisitoire », c'est-à-dire que les services de police judiciaire doivent enquêter à charge et à décharge sous le contrôle de représentants de la justice (magistrats du parquet ou juges d'instruction) afin d'offrir aux justiciables un traitement égalitaire, et aux juges du siège tous les éléments d'information qui leur permettent de juger en leur âme et conscience.

Dans le cas des exploitations vidéo, Max devrait rédiger son procès-verbal d'exploitation des images en mettant en avant les moments clés livrés par les vidéos. L'exercice est plus complexe qu'il en a l'air, en raison notamment des logiciels de rédaction de procédure imposés par l'administration. Souvent conçus par du personnel technique ignorant les subtilités d'une enquête, ces outils sont contre-intuitifs et ralentissent considérablement le travail des enquêteurs. Autrefois, tous les services utilisaient un bon vieux Word sur des PC classiques, mais aujourd'hui, l'emploi du logiciel de rédaction de procédure « police 3.0 » est obligatoire. Et, bien entendu, ce même logiciel sert aussi à tenir des états statistiques. Les statistiques sont en effet au cœur des préoccupations de la haute hiérarchie policière dont la plupart des représentants, il faut le dire, n'ont jamais rédigé le moindre procès-verbal. De fait, l'outil de rédaction, dont la vocation initiale était de permettre aux enquêteurs de rendre compte efficacement de leur travail aux magistrats, s'était transformé en dispositif d'évaluation de l'efficacité des services et en outil de pilotage global, un genre de couteau suisse difficile à manipuler, lourd et générateur d'erreurs. Malgré ces outils professionnels poussifs, il fallait bien continuer à faire le job. La force de la police repose justement dans la capacité d'adaptation de ses agents de terrain et de leur aptitude à imaginer des solutions à chaque nouveau problème, y compris lorsque celui-ci relève de la conséquence directe des réformes incessantes de leur institution, ou bien encore des désirs de réorganisation des chefs de service qui se succédaient tous les deux ou trois ans, chacun rêvant de laisser son nom sur la plaque dorée des grands patrons de la police nationale.

La fin de la journée approche. Jike est quasiment à jour dans sa procédure. Ne manque plus que les résultats des recherches de Freddy et Carlos. Leur enquête de voisinage a pris du temps. C'est souvent le cas pour cette phase des investigations. Quand ils débarquent enfin dans le bureau de Jike, un large sourire barre le visage des deux policiers.

— On n'a pas fait le déplacement pour rien ! annonce fièrement Carlos.

5

Freddy et Carlos avaient commencé leurs recherches dans le secteur des Buttes-Chaumont – plus particulièrement entre la sortie du parc empruntée par les silhouettes filmées en train de pousser le container à poubelles et les rues Botzaris, Fessart et Pradier. Les deux policiers s'étaient partagé la tâche et avaient sonné à toutes les portes. Évidemment, ils n'avaient pas pu entrer en contact avec tous les occupants, bon nombre d'entre eux étant absents dans la journée. Ils avaient alors laissé des convocations dans les boîtes aux lettres, pour pouvoir entendre plus tard un maximum de témoins potentiels. Quant à ceux qu'ils avaient pu interroger, aucun n'avait pu livrer un témoignage intéressant. Leurs investigations s'étaient poursuivies auprès des commerçants du quartier. Et cela avait fini par payer.

— Il y a un pressing à l'angle de la rue Fessart et de la rue Pradier, explique Carlos. Le patron est très fier de son système de vidéosurveillance. Il se voit déjà chevalier de la Légion d'honneur pour son assistance technique ! Il nous a montré les images. Ce qui est cool, c'est que le pressing a une immense vitrine et que les caméras filment aussi ce qui se passe sur le trottoir, juste devant.

Après avoir sélectionné le jour et le créneau horaire sur les enregistrements numériques, Carlos et Freddy avaient pu observer deux éboueurs pousser un container.

— À quelle heure ? demande Jike, attentive.

— Au moment où ils passent, il est précisément 19 h 27, lui répond Freddy.

— Les images sont filmées de nuit, poursuit Carlos. Elles sont de mauvaise qualité et il n'est pas possible de décrire les types avec précision, encore moins de les identifier. Ceci dit, on a quand même un truc intéressant… Devine !

Carlos a le sourire et semble impatient de partager leur découverte. Jike regarde ses deux collègues à tour de rôle et, un peu agacée, réplique :

— Je ne sais pas. La repasseuse travaille toute nue ?

C'est Freddy qui enchaîne, voyant bien que Jike commence à fatiguer.

— Un des éboueurs téléphone en même temps qu'il s'active à faire avancer la poubelle. Ça, c'est un bel os à ronger pour Fabien, pas vrai ?

Puis, Carlos et Freddy expliquent avoir entendu le patron de l'hôtel de la rue Pradier. Celui-là même qui avait contacté les services municipaux pour se faire livrer rapidement un autre container à poubelles. Il leur avait expliqué que tôt ce matin-là, alors qu'il souhaitait sortir ses poubelles, il s'était aperçu que dans le local où elles étaient stockées, un des containers avait été entièrement vidé, les ordures éparpillées sur le sol, et avait disparu. Ce container étant la seule grosse poubelle de son petit hôtel, il était furieux de se l'être fait voler. Les deux flics avaient dû supporter une litanie de propos sans intérêt sur les jeunes d'aujourd'hui, mais les deux enquêteurs avaient fait l'effort d'écouter, avaient opiné du chef, acquiescé mollement parce qu'ils savaient bien que la police servait aussi à ça. À permettre aux gens de se plaindre, de déverser leurs petites colères du quotidien. Juste parce qu'ils avaient l'occasion, une fois dans leur vie, de pouvoir se plaindre auprès de représentants des pouvoirs publics, et que dans la représentation collective, les flics sont aussi payés pour ça. Ce type d'hôtels, utile socialement, souffrait aussi d'une réputation exécrable liée non seulement à leur fréquentation, mais également à leur vétusté et à leur manque criant d'entretien. Il n'était pas rare que les perquisitions dans ces établissements réveillent des nuées de cafards et autres bestioles nécessitant la mise en place de protocoles sanitaires avec la mairie de Paris et des prestataires spécialisés. Paradoxalement, les patrons de ces établissements de nuit collaboraient souvent facilement avec la police et étaient de précieux puits à renseignements.

— L'hôtel est très bas de gamme, explique encore Carlos. Il est fréquenté par des SDF, des toxicos et des prostituées qui paient à la nuit. Malheureusement, le patron ne tient pas son registre à jour, il est impossible d'avoir une liste précise des occupants des dernières nuits. Ni le vigile, qui prend son service à 23 heures, ni le patron, qui mange vers 19 heures dans l'arrière-salle, n'ont remarqué qui que ce soit en train de piquer le container à poubelles…

— Alors, enchaîne Freddy, on est allés visiter le local de poubelles coincé au bout de l'impasse qui est bordée par un autre immeuble en travaux de réhabilitation. Le coin est sombre. Seules les installations lumineuses des ouvriers qui bossent là permettent d'y voir à peu près clair. Sauf qu'on est en hiver et que les ouvriers quittent le chantier plus tôt en coupant l'éclairage derrière eux.

— Donc, si je comprends bien, complète Jike, on a une impasse sans lumière, pas de témoin, pas de vidéo réellement exploitable, une poubelle envolée et un patron d'hôtel furieux qu'on lui ait piqué son plus beau container ? Je ne vois toujours pas ce qu'il y a d'intéressant.

— Attends, cheffe, répond Carlos, c'est là que ça devient piquant, parce que justement, le patron, il est bavard et pas si inutile que ça. Il nous a expliqué que pendant qu'il dînait, il avait entendu une voiture rouler en marche arrière dans l'impasse. Sur le coup, il ne s'est pas inquiété parce qu'il y a souvent des gens qui livrent ou qui font demi-tour en utilisant la voie. Au bout d'un moment, comme il ne l'entendait pas ressortir, il est allé jeter un œil. En fait, il nous a dit qu'il avait pensé que des mecs pouvaient être en train de voler du matos sur le chantier. Bref, il est arrivé pile au moment où la voiture quittait l'impasse.

— Dis-moi que tu as la plaque !

— On n'a pas la plaque, Jike, répond Freddy. C'est une BMW série 5, un break avec vitres teintées. De couleur sombre, peut-être noire.

Carlos et Freddy, assez fiers de leur petit effet, attendent que Jike assimile le renseignement.

— La BM a déposé le corps au bout de l'impasse, murmure Jike. On n'a pas de caméra dans la rue à part celle du pressing, mais elle ne filme que l'intérieur du commerce et un bout du trottoir. Il faut qu'on identifie cette voiture autrement. Merci les gars.

Jike se lève de son bureau comme un ressort et, tandis que Carlos et Freddy quittent les lieux, appelle du couloir :

— Max !

— Présent ! répond celui-ci qui sort de la salle de repos un café à la main.

— Tu as suivi ?

— Je suis déjà dessus. Je vais me faire les caméras de toutes les rues avoisinantes.

— J'ai eu l'IJ, poursuit Jike. Les empreintes de la victime sont inconnues du fichier. J'ai appelé également le labo. Un ADN masculin a été retrouvé à l'intérieur du container à poubelles et sur les vêtements de la victime.

Il s'agit du même ADN que celui prélevé lors de son autopsie. ADN lui aussi inconnu du fichier. Pour l'instant, notre mort n'a pas de nom.

Jike marque une pause et regarde sa montre.

— Personne ne pouvait me dire qu'il est déjà 20 heures ? J'ai un pot-au-feu à faire, moi ! Allez, on la poursuivra demain cette enquête.

Jike fait un dernier point avec Maurizio. Il lui apprend que l'équipe vient d'être chargée d'une autre enquête, une affaire dite « réservée ».

— Un avocat qui s'est fait cambrioler. Le coup de fil est tombé alors que tu étais au téléphone avec la proc' pour ton compte rendu. J'ai déjà envoyé Jacques faire les constatations avec l'IJ et je reçois le baveux pour sa plainte très tôt demain matin.

— Merci. Vraiment, tu es précieux « Le Pesci ». Est-ce que je peux abuser ?

— Oui, tu peux. Tu es la seule femme de qui je tolère ça !

— Peux-tu demander à Fabien de vérifier tous les appels passés sur le secteur de la rue Pradier à 19 h 27 précises ?

— C'est comme si c'était fait.

— Dernière chose… Tu ne connaîtrais pas un endroit où on vend du pot-au-feu à emporter ?

Alors qu'elle rejoint sa voiture de service, elle appelle Fred qui répond dès la première sonnerie :

— Mon chéri, désolée, je n'ai pas vu l'heure passer.

— On avait dit qu'on dînait ensemble. Tu avais promis un pot-au-feu !

— Je sais, minaude Jike, j'ai une adresse de pot-au-feu à emporter, figure-toi ! Je suis là dans une demi-heure.

— Tu le mangeras toute seule, parce que nous, avec les filles, on vient de finir de dîner et je ne vais pas tarder à les coucher.

— Je suis désolée mon chéri, je suis sur une affaire… Tu sais…

— Je sais, à plus tard, la coupe Fred avant de raccrocher.

Arrivée devant sa voiture, Jike respire un bon coup et décide finalement de faire un tour à pied avant de rentrer. De toute façon, elle ne serait pas à la maison à temps pour coucher ses enfants. La soirée en famille était foutue.

Après une nuit et une journée de travail, alors que toute trace de neige a déjà disparu dans la capitale, Jike chemine lentement, longeant les immeubles haussmanniens, observant les passants, s'arrêtant devant quelques vitrines. Dans un kiosque encore ouvert, elle achète un exemplaire de *Faust Magazine*, une revue plutôt chic, dont la couverture représente une femme très élégante au volant d'un vieux coupé sport.

— C'est nouveau, lui dit le vendeur au moment où elle paie.

Au même instant, son téléphone sonne. C'est un appel masqué. La marque de fabrique du boulot. Elle en est sortie depuis vingt minutes et on la rappelle déjà ! Jike décroche et entend une voix inconnue. Une voix d'homme, calme et posée. La communication est brève :

— Commandante Cooper ? Je vous conseille de ne pas poursuivre vos recherches aux Buttes-Chaumont. Il y va de votre santé, voire de votre vie. Vous aimez votre famille, commandante ?

Elle n'a pas le temps de dire le moindre mot. On a déjà raccroché.

6

Jike a passé une mauvaise soirée, et fatalement une mauvaise nuit. Non seulement Fred lui fait la gueule mais en plus, elle a gardé pour elle les menaces reçues sur son téléphone. Pour protéger ceux qu'elle aime. Elle sait qu'elle doit les tenir à l'écart, mais en même temps, elle leur en veut de ne rien voir, de ne pas la réconforter. Elle voudrait qu'ils devinent qu'elle a besoin de leur amour et de leur compréhension, de leur soutien absolu. Elle voudrait que Fred la serre contre lui au lieu de la bouder. Alors Jike se répète en boucle, comme un mantra : « Aimer, c'est donner, ne rien attendre en retour. » Là, tout de suite, elle n'y croit qu'à moitié. Pour la première fois de sa carrière, elle est confrontée à ce dilemme : ignorer le danger et poursuivre ses investigations ou bien tout stopper pour protéger sa famille. Le dilemme est de courte durée. Elle ne peut pas céder au chantage. Elle ira jusqu'au bout, au nom de l'amour qu'elle porte aux siens et l'honneur qu'elle met dans sa pratique. Céder, abandonner, ce serait renoncer à pouvoir se regarder dans un miroir, renoncer à l'estime de soi, à ses principes, à ses valeurs et se priver de la possibilité d'aimer honnêtement, vraiment, courageusement.

Jike a décidé d'en parler à son équipe mais elle informe d'abord Maurizio. Tous deux conviennent que cet appel leur ouvre une brèche dans laquelle il faut s'engouffrer. Alors que les membres du groupe arrivent progressivement à la brigade, Jike et Maurizio ont déjà bien bossé sur les recherches téléphoniques. Ils se sont penchés sur l'exploitation de la facturation détaillée, la fadette en jargon policier, qui recense toutes les données d'un portable : appels entrants et sortants et localisation géographique.

— Faisons le point, fait-elle à l'équipe rassemblée devant elle. Maintenant que vous êtes au courant des menaces que j'ai reçues, voici ce que nous avons. Premièrement, l'appel n'a pas été passé depuis un portable.

— Trop facile ! ricane Fabien.

— Il ne sait pas à qui il a affaire ce toquard, grince La Momie.

— L'appel provient d'un taxiphone de la place de Clichy, côté 17e, ajoute Maurizio.

— Je vais aller voir s'ils ont des caméras, lance Carlos.

— Très bien. Max, tu feras celles des alentours ? demande Jike.

— C'est comme si c'était fait.

— Mais ce n'est pas ça le plus intéressant, reprend-elle. Maurizio et moi avons lancé la fadette du taxiphone. Je pense qu'on a réussi à isoler l'appel.

— Tu n'as pas trop perdu la main en téléphonie, on dirait, souffle Fabien.

Il sait que cet aspect de l'enquête la passionne mais que sa position de cheffe de groupe l'empêche d'y passer le temps qu'elle souhaiterait lui accorder.

— On a fait l'entourage de l'appel… Et bingo ! Immédiatement après avoir raccroché, le mec a passé un autre coup de fil. Vers un portable, un 07, cette fois-ci.

— J'avais raison, c'est bien un toquard, constate La Momie.

— Et devinez quoi…, intervient Maurizio, particulièrement fier.

— Ce ne serait pas le même 07 que celui d'un mec qui était en habit d'éboueur avant-hier à 19 h 27 à l'angle des rues Fessart et Pradier sur le 19e ? propose Fabien avec un grand sourire.

— Tu es chiant, Fabien, tu me fous mon petit effet de surprise par terre. Le même 07 est effectivement localisé à 19 h 27 à côté du parc des Buttes-Chaumont. Donc l'urgence, en plus de se rendre au taxiphone, c'est de bosser sur ce portable. Pour info, j'ai déjà lancé la demande d'identification. Et devinez quoi…

— C'est un téléphone balourd[1], le coupe La Momie.

— Vous êtes tous chiants à gâcher mes devinettes. Incapables de vous émerveiller, de vous laisser surprendre, lâche Maurizio à la limite du sérieux.

Toute l'équipe éclate de rire.

— OK, tout le monde sur le pont, dit Jike.

— Juste une question, dit Maurizio en lui posant la main sur l'épaule. On fait quoi avec l'affaire du vol effrac'[2] chez le baveux ?

— On laisse tomber pour l'instant. Tu connais mon point de vue sur les enquêtes « spéciales ». Dans cette société, quand tu es un type lambda et que tu t'es fait cambrioler, tu prends une journée de congé pour aller faire la queue pendant des heures au commissariat et engager une enquête qui sera finalement classée en « VR[3] » le mois suivant. En revanche, si tu es un avocat parisien et que tu as dans tes données dérobées les coordonnées de trois pseudo-personnalités, tu as le droit à ce qu'une équipe criminelle bosse sur ton affaire avec recherches de traces comme sur une scène de crime.

---

1. Un « téléphone balourd » désigne un portable clandestin utilisé pour des opérations illégales.
2. Vol effrac' : vol par effraction (cambriolage).
3. VR : vaines recherches (affaires non élucidées).

— En plus, faut reconnaître que celui-là, il gagne le pompon ! Je crois même qu'il pourrait figurer sur le podium des plus grands imbéciles suffisants de France, s'amuse Maurizio.

— Raison de plus pour rester en priorité sur notre meurtre. Je m'arrangerai avec le parquet et le taulier[1] pour le reste, conclut Jike.

— Je prends le relais sur la téléphonie, ajoute Fabien, je vais pousser les recherches pour savoir avec qui ce 07 était en relation au moment de l'appel de 19 h 27, le bornage va me le dire rapidement.

— C'est parti ! Au boulot tout le monde, balance Jike, regonflée à bloc par son équipe.

En un clin d'œil, le groupe se disperse. Fabien pianote déjà sur son ordinateur, Maurizio annule ses rendez-vous dans l'affaire de l'avocat, Carlos fonce place de Clichy, Max monte les marches quatre à quatre pour se rendre à la salle vidéo de la brigade, et Jacques, cigarette sur l'oreille, téléphone au labo pour activer les recherches d'ADN sur l'emballage de bonbon et sur les vêtements de la victime au niveau des poignets. Seul Freddy ne bouge pas, l'air pensif.

— J'ai des idées, dit-il à Jike, et avec ton accord…

— Je suis d'accord, répond-elle du tac au tac.

Elle sait que Freddy est un intuitif, un créatif et que le groupe a tout à gagner à le laisser mettre à l'épreuve du vrai ses idées parfois inattendues.

— Je vais appeler le service des disparitions inquiétantes. Notre victime a peut-être une famille qui a lancé un signalement. Puis je vais me rencarder auprès des centres de traitement des contraventions pour excès de

1. « Taulier » désigne le chef de service (commissaire de police).

vitesse. La BM a peut-être été flashée dans le coin des Buttes-Chaumont ou même sur le périph.

— Pousse les vérifications jusqu'à...

— Je m'occupe aussi du secteur de la place de Clichy, la coupe Freddy avec un clin d'œil.

Jike se sent rassurée, en sécurité, presque heureuse de pouvoir s'appuyer sur une équipe de cette qualité. Et ce sentiment prend le pas sur la peur qu'elle a ressentie le matin même, lorsqu'elle se demandait si elle devait céder au chantage et lâcher l'enquête.

Son humeur s'assombrit d'un coup lorsqu'elle réalise le temps manqué avec les êtres qu'elle aime le plus au monde : son homme, ses filles. La pensée d'après, elle le sait, ira chercher du côté de son père et ce n'est pas le moment. Chassant toute pensée négative, elle stimule de nouveau sa capacité à imaginer car elle sait que de cet imaginaire émergent souvent des idées neuves qui peuvent la guider sur la voie de la vérité et des solutions à ses enquêtes. C'est précisément cet accueil qu'elle réserve à l'imaginaire, cette part qu'elle laisse à la créativité qui fait d'elle une excellente enquêteuse. Elle se raccroche alors à la phrase peu connue de Leó Szilárd, ce physicien hongrois américain qui craignait, pendant la Seconde Guerre mondiale, que l'Allemagne nazie ne fabrique une bombe nucléaire : « Pour réussir en ce monde, il n'est pas nécessaire d'être plus intelligent que les autres, il suffit d'avoir vingt-quatre heures d'avance. » Szilárd avait demandé à Albert Einstein de signer une lettre adressée au président américain Franklin Roosevelt pour attirer son attention sur le risque de voir l'Allemagne nazie dégainer la première un attirail nucléaire. Cette lettre avait directement mené à l'engagement des États-Unis dans la fabrication de la bombe.

Un flic de la Criminelle débute toujours son enquête avec du retard. Il a parfois un métro, mais plus souvent un train de retard. Il ne connaît ni les raisons de l'homicide, le fameux mobile, ni l'environnement des différents protagonistes, ni leurs habitudes et encore moins les plans du tueur pour prendre la fuite et se fondre dans la masse. Celui-ci profite toujours d'une longueur d'avance. L'enquête est irrémédiablement liée au temps. Elle s'inscrit dans des temporalités diverses qu'il faut concilier : temps judiciaire, temps des victimes, temps de la société, temps médiatique et nombre d'autres qui pèsent comme une charge supplémentaire dans le travail de recherche de la vérité. Il faut aller vite, toujours plus vite. Les actes d'enquêtes demandent donc d'être menés tambour battant, en urgence, pour éviter un dépérissement des preuves ou des pressions sociales, politiques, médiatiques. La traque du meurtrier se résume alors à une course contre le temps. Le point focal des temporalités de l'enquête et du tueur se situe au moment exact de son interpellation. Albert Einstein et Leó Szilárd auraient certainement fait d'excellents enquêteurs.

Jike pense maintenant que les menaces qu'elle a reçues ont au moins un mérite : accélérer le temps de l'enquête. Elle n'a pas encore pris le train, mais elle est déjà sur le quai.

7

Carlos a fait chou blanc. « Non seulement le patron du taxiphone n'aime pas les flics, explique-t-il à Jike, mais en plus il affirme n'avoir aucun souvenir de la venue d'un client hier au moment de l'appel. Pour couronner le tout, son système de vidéosurveillance est HS. Rien à tirer de ce côté-là. »

Cela n'avait pas suffi à décourager Carlos qui avait décidé d'interroger les agents municipaux du parc des Buttes-Chaumont, ainsi que les éboueurs dont la tournée couvrait ce secteur. Mis à part une balade dans le parc en voiturette électrique qu'il avait appréciée, il n'avait rien appris de particulier.

De son côté, Freddy n'avait pas obtenu plus de résultats. Il n'y avait aucun signalement de disparition inquiétante pouvant correspondre à celui de la victime. De même, les recherches sur les radars automatisés de contrôle de vitesse de Paris n'avaient rien donné. Aucune BMW break série 5 n'avait été flashée dans la capitale ce jour-là.

La première bonne nouvelle arrive de Fabien qui, depuis son bureau, annonce qu'il vient d'identifier l'ensemble des correspondants du « 07 » utilisé aux abords du parc.

— Il tourne toujours ce téléphone ? demande Jike qui s'est levée d'un bond pour rejoindre Fabien dans son bureau.

— *Yes!*

— OK, j'appelle la proc' de permanence et je demande une autorisation de géolocalisation en temps réel.

— D'autant plus que je suis certain qu'il s'agit d'un téléphone utilisé par un des deux éboueurs.

— Qu'est-ce qui te fait dire ça ?

Fabien explique alors qu'après avoir exploité la fadette, il connaît maintenant la plupart des habitudes de l'utilisateur du numéro. Il a une idée précise des endroits où il s'est rendu, des personnes qu'il a contactées, des correspondants les plus fréquents, et de ceux qui, au contraire, apparaissent uniquement à certains moments. Il a listé les différentes puces téléphoniques insérées, les intervalles de pause d'activité indiquant probablement les temps de sommeil de l'utilisateur et son secteur de résidence approximatif. Bref, Fabien a découvert que ce cellulaire dont le numéro commence par « 07 » est en fait mis en service depuis plusieurs années. Il s'agit d'un téléphone de « biz' », ce qui, en langage policier, est l'abréviation de « business ». Une ligne ouverte à une identité fictive et dont l'emploi est exclusivement lié à une activité criminelle. Celui-ci ne déroge pas à la règle. Les appels sont caractéristiques de communications entre un dealer de stupéfiants et ses clients. Des appels courts, ciblés, à certains moments de la journée avec des personnes toutes bien identifiables, car elles ont, quant à elles, des abonnements à leurs vrais noms.

— J'ai contacté pas mal des clients identifiés, continue d'expliquer Fabien. Je n'ai pas eu à insister beaucoup, et je crois bien qu'il y en a même un ou deux qui se sont un peu faits dessus quand j'ai commencé à parler de garde à vue, d'enquête criminelle et d'ennuis à venir. Du coup ils m'ont donné le prénom et le signalement de leur fournisseur, notre « 07 ». On serait sur du deal de coke.

— Et donc ? questionne Jike impatiente.

— Éric. C'est comme ça qu'il se fait appeler. C'est un Antillais d'environ 45 ans qui traîne du côté de la place de Clichy. Il vend tous les jours et fait lui-même ses livraisons. Le problème c'est que depuis le meurtre, même si le téléphone n'est pas coupé, il a ralenti considérablement son activité.

— Pas de correspondant pouvant être de sa famille ou de ses proches ?

— Négatif.

— Et sur l'appel de 19 h 27 ?

— Il me faut plus de temps. Son contact utilisait un téléphone allemand. Plus compliqué.

— Il va falloir qu'on se le fasse à la géoloc ?

— Possible. J'ai quand même appris un truc intéressant.

— Accouche ! lui crie Jike qui n'en peut plus du plaisir que prend Fabien à la faire tourner en bourrique.

— Il fait ses livraisons pendant ses tournées... d'éboueur.

— Il est vraiment éboueur ?

— Oui. Mais un éboueur-dealer ! Les clients l'attendent à certains endroits et lors de son passage, hop, discrétos, la transac'[1]. Ni vu ni connu ! Il planque la came à l'intérieur de la benne.

— Je comprends mieux pourquoi les meurtriers ont eu l'idée de transporter le corps dans un container à poubelles.

Jike réunit alors toute l'équipe pour lui faire part des derniers éléments. Un point de situation comme elle aime à désigner ces moments-là, quand l'équipe construit sa représentation commune de l'histoire, quand chacun place les pièces manquantes du puzzle grâce aux informations récoltées. Entre-temps, Jike a convaincu le substitut de permanence de permettre la « géoloc » en temps réel

1. Transac' : transaction entre le dealer et son client.

du portable d'« Éric l'éboueur ». Le dispositif technique est déjà en place. Tout le monde se pointe donc dans le bureau de Jike, à l'exception de Max qui visionne toujours les images de vidéosurveillance. Jike a alimenté son tableau et fait face au groupe. Elle interroge d'abord Carlos.

— Lors de tes auditions des éboueurs, tu n'as pas entendu parler d'un Éric par hasard ?

— Non. J'ai identifié tous les éboueurs assurant les trajets dans le secteur des Buttes. Ils sont tous très coopératifs. Pas entendu parler d'un Éric.

— C'est confirmé par la téléphonie, explique Fabien. Le portable n'est pas localisé sur un trajet de tournée du 19e, mais plutôt sur un trajet autour du parc Monceau.

— Moi je viens de recevoir les résultats d'ADN sur l'emballage de bonbon et sur les manches de la victime, au niveau des poignets, intervient Jacques.

— Donne-nous une bonne nouvelle, La Momie ! lui envoie Maurizio.

— Pour l'emballage, c'est négatif.

— Mince, pourtant j'y croyais, réagit Jike, déçue.

— Mais pour les fringues on a bien un ADN masculin différent de celui de la victime. J'ai galéré toute la matinée pour avoir ces renseignements, il a fallu comme d'habitude que je déploie des trésors de diplomatie pour que notre dossier soit traité en priorité. C'est incroyable cette administration, à chaque fois que tu demandes quelque chose à quelqu'un, la première des réponses c'est de t'expliquer que ce n'est pas possible !

Max se pointe à cet instant, visiblement fatigué d'avoir visionné et revisionné des heures et des heures d'images pixelisées. Il a néanmoins l'air assez content de lui et prend la parole aussitôt :

— Je vous le dis tout de suite, je n'ai rien d'intéressant autour du taxiphone de la place de Clichy. Mais j'ai retrouvé la BM.

— Oh ! hurle La Momie en tentant de surmonter le brouhaha créé par son annonce. On ne vous a pas appris à ne pas couper la parole ? Je n'ai pas fini mon compte rendu ! Je vous signale que j'ai un blaze[1] sur l'ADN.

Un silence instantané se fait et les yeux se tournent vers Jacques, pas peu fier de son petit effet.

— Merci ! Je vous la fais courte, continue Jacques. Prénom : Éric. Nom : Charles, né aux Antilles il y a quarante-sept ans. Connu pour trafic de stup, entre autres.

— *Mazel tov !* s'exclame Jike.

— Et ma BM, tout le monde s'en fout maintenant ? grogne Max. J'en ai bavé, mais je la rebecte[2] entrant sur le périph', porte des Lilas. Bon, je ne suis pas certain qu'il s'agisse de la bonne, mais elle ressemble à la description faite par le patron de l'hôtel de la rue Pradier. Noire, série 5, vitres teintées. Et les heures correspondent. Elle ressort porte d'Asnières. Je la perds ensuite dans les beaux quartiers de la rue de Courcelles en direction du parc Monceau.

— Tu as une immatriculation ? demande Fabien.

— Pas possible de la voir sur les images.

— En tout cas, on part du parc des Buttes-Chaumont et on se retrouve encore autour du parc Monceau, constate Carlos.

— Je connais bien le quartier, interrompt Maurizio. Je fonce là-bas pour essayer de retrouver d'autres caméras dans les commerces et les banques.

1. Blaze : un nom, une identité.
2. Rebecter : identifier, repérer.

— Ce n'est pas le quartier de la petite grosse, là, celle qui était venue à un pot et que tu avais raccompagnée chez elle. Elle n'était pas bien gracieuse mais bon, tu n'étais pas très frais non plus ce soir-là, remarque Jacques, tout sourire. C'était quoi, déjà, son prénom ? Angélina ?

Tout le monde explose de rire à l'évocation de ce souvenir pénible pour Maurizio. La fille était juste l'antithèse absolue d'Angelina Jolie, son actrice préférée. Les verres de whisky qu'il s'est enfilés ce soir-là l'avaient probablement un peu aveuglé, et il avait passé la nuit chez cette fille qui ne cessait depuis d'essayer de reprendre contact avec lui. Cette histoire avait évidemment fait le tour de la brigade et Maurizio avait dû faire profil bas. La Momie n'avait même pas eu le temps de finir sa phrase que déjà Maurizio l'avait attrapé par le col. Ces deux-là avaient l'habitude de se chamailler et de faire le spectacle pour le reste du groupe.

— La ferme ! On avait dit qu'on n'en parlerait plus !

— Ce n'est pas grave, dit Fabien, elle n'était pas très jolie, on est tous d'accord là-dessus, mais elle était sympa, c'est important aussi…

Nouveaux rires, mais Jike siffle la fin de la mi-temps. Maurizio lâche Jacques en lui faisant un énorme bisou sur le front.

— T'es con mais j't'aime bien vieille bique !

— Tu as mangé un animal mort ? lui rétorque La Momie faussement incommodé par l'haleine de son collègue.

— On peut bosser ? demande Jike.

— Je valide la blague, rétorque Max.

— Ça donne quoi la localisation du portable en ce moment ? demande Jike.

— Rien, répond Fabien. Le téléphone est coupé.

— Si c'est pour le biz', ajoute Carlos, il sera activé durant la prochaine tournée. Faut être patients.

— Freddy ? Les fichiers sur Éric Charles ?

— Aussi appelé « le solide » par ses potes. C'est un gars d'Aubervilliers. Secteur Quatre Chemins. Trop risqué d'y aller maintenant, avoue Freddy. Il faudrait affiner en bossant sur le trajet habituel qu'il fait pendant ses tournées. Je vais demander sa photo à l'IJ.

— Rencarde-toi aussi sur l'employeur et trouve-nous qui sont ses coéquipiers habituels.

Avec une voiture identifiée, un téléphone et surtout l'ADN d'un suspect, tout irait maintenant beaucoup plus vite. La machine à remonter le temps était maintenant bien enclenchée. Les dernières découvertes allaient accélérer l'enquête et probablement son dénouement prochain.

8

Comme prévu, Maurizio se rend rapidement dans le quartier du parc Monceau. Il va voir chaque commerçant localisé sur le trajet de la BMW et revient avec plusieurs heures de vidéos à visionner. Freddy, quant à lui, prend attache avec la division de la propreté de la ville de Paris et se fait transmettre contre réquisition judiciaire tous les renseignements dont il a besoin sur les employés. Il rend compte aussitôt à Jike qui commence à ne plus avoir de place sur son tableau blanc et doit effacer les informations qu'elle considère maintenant comme superflues ou inutiles.

— J'ai une info qui demande à être vérifiée.

— Je t'écoute, fait-elle attentive.

— Le « gonz[1] », Éric Charles. Il fait partie d'une équipe de trois éboueurs. Leur chef-chauffeur et deux hommes à pied qui assurent le ramassage des poubelles et les vident au cul de la benne. Figure-toi qu'il bosse avec un dénommé Jean-Pierre Charles. C'est son frère.

— Informe Fabien, qu'il nous trouve le numéro de téléphone du frangin et qu'il le localise le jour des faits.

— Tout de suite, réplique Freddy en quittant le bureau de Jike.

— Freddy ? le rappelle-t-elle. Elle bosse quand la prochaine fois, cette équipe ?

— Elle reprend un cycle de boulot à partir de demain matin. Quatre heures sur le pont. Secteur parc Monceau.

1. Gonz : mot d'argot désignant une femme. Dans le langage policier, le « gonz » désigne la personne mise en cause.

Freddy se rend dans le bureau de Fabien. Celui-ci se met immédiatement à la recherche du numéro de téléphone du frère du suspect. Presque trop facile. Par comparaison entre le bornage du lieu des faits et les correspondants du portable d'Éric Charles, Fabien découvre un numéro commun ; un seul autre numéro qui se différencie de celui du « 07 » d'Éric Charles par un seul chiffre à la fin. À croire que les deux cellulaires ont été achetés en même temps dans un même commerce.

— Maintenant, on a deux « 07 », constate Fabien.

— Tu es sûr que c'est celui du frangin ?

— Pas difficile à prouver, les deux téléphones se déplacent en même temps lors des trajets du camion poubelle sur les journées de travail des frères Charles. CQFD.

— Ça pourrait être celui du chauffeur, non ? essaie Freddy.

— Exact, mais je te parie ma paie que ce n'est pas le cas. Le chauffeur possède un téléphone à son nom, c'est toi qui l'as retrouvé dans les documents envoyés par la division de la propreté. Les deux frères, eux, ont des puces « balourdes ».

Les deux hommes regagnent le bureau de Jike pour l'en informer. La journée est bien avancée et elle fait un dernier point de situation.

— On serre demain matin. On se lève tôt et on les chope au début de leur vacation. Freddy, tu préviens le directeur de leur division de notre intervention. Inutile de lui rappeler une totale discrétion. Sinon, je le fais tomber pour entrave à une enquête criminelle. Le prévenir lui permettra de se retourner rapidement pour remplacer l'équipe sur la tournée. Avant de partir, on peaufine la préparation de cette interpellation, comme d'habitude.

On récupère les adresses des frérots, leurs photos, le détail de leurs horaires, etc. Dès qu'ils sont serrés, on fonce en « perquise[1] » aux domiciles, sans oublier leurs vestiaires sur leur lieu de travail. Je vous rappelle qu'on cherche des tenues d'éboueurs qui peuvent correspondre à celles vues sur les images des vidéos du secteur des Buttes-Chaumont. On cherche également leurs téléphones, une BMW, et surtout, l'arme du crime. Dès que l'opération est prête, on va se coucher. Demain, une longue journée de gardes à vue et d'auditions nous attend.

L'équipe se disperse, chacun sachant exactement ce qu'il a à faire. Il fait déjà nuit et tout le monde est satisfait des avancées inattendues de l'enquête. Les jours suivants seront, ils le savent tous, éprouvants. En effet, dès le début du placement en garde à vue, une nouvelle course contre la montre démarre. Et le chronomètre est enclenché dès le moment de l'interpellation. En matière de meurtre, une garde à vue ne peut pas durer plus de vingt-quatre heures, renouvelables une fois, soit quarante-huit heures en tout. Passé ce délai, toute investigation relative aux suspects doit être stoppée. Un compte rendu précis doit être fait au magistrat qui décide de la suite à donner aux mesures de gardes à vue. Concrètement, cela revient à choisir entre deux options : libérer les mis en cause, faute de preuve, ou les conduire au tribunal pour décider à quelle sauce ils seront mangés. Incarcération, contrôle judiciaire, libération sèche.

Les prochaines quarante-huit heures seraient stressantes pour les enquêteurs, car ils devraient accomplir de très nombreuses tâches en s'inscrivant toujours dans cette

1. Perquise : perquisition. Fouille du domicile du mis en cause pour y trouver des éléments de preuve.

logique globale d'urgence et de contraction du temps, avec ses soudaines accélérations au gré des découvertes ou des impasses.

Dans cette temporalité et face à la masse d'actions à conduire, les officiers et agents de police judiciaire ne sont pas aidés par les nombreuses et successives réformes de la procédure pénale. Le législateur déborde d'imagination et d'ingéniosité pour rajouter régulièrement du boulot aux flics : présence de l'avocat durant les auditions des suspects en plus des entretiens privés, interrogatoires filmés et gravés sur des supports numériques placés sous scellés, présence de l'avocat lors des tapissages[1], droit des suspects de donner leur avis sur une éventuelle prolongation de leur garde à vue, droit de communication du suspect avec une tierce personne, intervention d'un médecin dès que le besoin s'en fait sentir, temps de pause et d'alimentation définis, etc. La liste est longue.

Jike ne les trouve pas forcément inappropriées car tout suspect a, dans une démocratie, le droit d'être respecté et défendu. Non, ce que Jike conteste, c'est que depuis vingt ans, la liste des actes à accomplir lors de l'enquête n'a cessé d'enfler, de réforme en réforme, alors que la durée de la garde à vue, quant à elle, n'a pas été étendue. En ce qui concerne les effectifs policiers, mieux vaut ne pas en parler. Du coup, elle et son équipe doivent faire toujours plus avec toujours moins. Le boulot de flic en devient parfois pénible et l'enquête, durant la garde à vue, devient quasi exclusivement technique, ne laissant plus de place à la créativité. Les enquêteurs doivent se concentrer sur des aspects procéduraux au détriment de

1. Tapissage : présentation de suspects à témoin ou victime (derrière un miroir sans tain).

la nécessaire relation à construire avec les mis en cause. C'est pourquoi Jike et son équipe ont mis en place une stratégie pour contourner cette difficulté. Ils préparent l'intégralité des actes à l'avance, tout du moins dans leur formalisme. Ainsi, par exemple, certaines questions, celles qui seront nécessairement posées lors des auditions, sont rédigées avant les interpellations, les rapports de synthèse prérenseignés avec l'ensemble des informations déjà disponibles, les bordereaux de télécopies à envoyer au barreau, aux magistrats, aux médecins sont déjà prêts. La police d'aujourd'hui n'était pas aidée par les réformes pénales successives, elle devait donc savoir s'adapter.

Après les ultimes préparatifs, chacun des membres de l'équipe quitte la brigade pour aller se reposer avant un lever très matinal. Jike consulte sa montre. Il est 21 heures. Elle n'a même pas prévenu Fred qu'elle allait encore rentrer tard.

Lorsqu'elle franchit le seuil de l'appartement, elle trouve la lumière de la cuisine allumée mais personne pour l'attendre. Tout le monde est couché, dort à poings fermés. Elle se déchausse, enlève son jean et ne garde sur elle que son string. Elle va boire un verre d'eau et trouve un petit mot de Fred déposé sur la table : « Salut Colombo. Désolé, mais je n'ai pas eu l'énergie de t'attendre. Pourtant, je t'aime ! À ce propos, si jamais tu voulais, n'hésite pas à tenter un réveil érotique sur ton mari endormi. On ne sait jamais. Bonne nuit ma chérie… » Jike sourit à la lecture de ce message. Elle sent des picotements monter dans son ventre. Elle a envie de corps, de peau, de se coller à son mari, de plaisir. Alors elle file dans la salle de bains pour une toilette prénocturne. Elle rejoint doucement son homme qui dort comme un bébé. Là, elle s'allonge près de lui, enlève son string et commence à le caresser doucement. Elle descend sous les draps, déterminée à le réveiller selon son plan. Mais Fred se retourne en soufflant dans son sommeil, en grognant comme un chiot. Sa respiration reprend aussitôt le rythme du cours du rêve dans lequel elle se dit qu'elle n'est sûrement pas. Alors elle reprend sa place de son côté du lit, ferme les yeux, glisse une main entre ses jambes, et se laisse aller dans des pensées rien qu'à elle.

9

Peu avant 4 heures du matin, toute l'équipe se retrouve au dépôt des camions bennes à ordures ménagères de la ville de Paris. Encore des heures supplémentaires qui ne seront pas comptabilisées. Allez demander à un banquier de commencer son travail à cette heure-là tout en lui disant que la banque ne paiera pas les heures, et que s'il travaille bien, il aura peut-être droit à une prime généreuse de cinq cents euros à Noël. Pas sûr que vous seriez en mesure de recruter beaucoup de collaborateurs. Pourtant, chaque citoyen, banquier compris, a son opinion sur les flics et leurs manières de faire leur boulot. Tout le monde y va de ses certitudes et de ses observations sur comment mieux faire, être plus efficace, plus courageux, plus sympa, plus sévère, plus honnête, plus malin… Et ce matin-là, ça ne rate pas, au milieu de ce dépôt qui empeste, le gardien de nuit tente d'expliquer à Jike comment il aurait fait, lui, pour conduire une opération plus efficace.

— Dans mon travail, les gens essaient toujours de me donner des conseils, lui répond Jike du tac au tac. Vous expliquez à votre dentiste comment vous soigner une dent ? Ou à votre garagiste comment réparer les freins ? Alors ? Non. Jamais. Donc merci d'arrêter de me dire comment faire mon travail.

Jike a fait sienne cette réplique de John C., flic d'exception dans la série choc ultraréaliste *Southland.* Aussitôt, le gardien de nuit retourne dans sa guérite pour garder la nuit avec la certitude que, décidément, les flics sont tous des imbéciles.

4 heures. Les frères Charles, Éric et Jean-Pierre font leur apparition pour prendre leur service. Ce sont deux grands gaillards aux cheveux courts frisés et grisonnants. Ils n'ont même pas le temps de comprendre ce qui se passe qu'ils ont déjà les menottes aux poignets et sont interpellés en douceur. « À la caresse », comme dit Jike. Les gardes à vue leur sont immédiatement notifiées. Le substitut du procureur est avisé, les médecins commandés et l'avocat prévenu. Les deux hommes ont désigné le même, ce qui simplifie les choses. Sauf que le conseil qu'ils ont choisi n'est pas n'importe qui. En vieux routiers du trafic de stupéfiants, ils ont choisi un de ces ténors du barreau réputé pour défendre efficacement ce type de délinquants. Car les avocats aussi ont leurs spécialités. Peu importe, cela n'est au fond qu'un facteur de motivation supplémentaire pour l'équipe. Les perquisitions démarrent dans la foulée, y compris dans le camion poubelle électrique flambant neuf. Bientôt la ville ne serait équipée que de véhicules de ce type, moins polluants et silencieux, ce qui aurait l'avantage de ne pas réveiller des milliers de gens aux aurores lors des tournées du petit matin. La fouille des casiers personnels des deux frères conduit à la découverte de leurs gilets d'éboueurs, du même genre que ceux observés sur les bandes vidéo. Immédiatement après, leurs appartements sont aussi largement explorés, et les téléphones facilement retrouvés : l'un dans un tiroir de vêtements, l'autre dans une armoire à pharmacie. Avec son ADN sur les manches de la victime, Éric Charles, surnommé « le solide », est sans doute bon pour le dépôt, même s'il nie les faits. Pour son frère Jean-Pierre, de deux ans son cadet, un travail en audition s'impose. Jike sait à cet instant que plusieurs éléments manquent : l'arme et la BMW restent introuvables. Par ailleurs, elle sait que

l'auteur des menaces qu'elle a reçues n'est pas un des deux frères. Elle a vérifié le bornage de leurs téléphones au moment de l'appel et ceux-ci ne sont pas localisés sur le secteur du taxiphone de la place de Clichy.

En matière criminelle, toutes les auditions sont filmées et enregistrées. C'est toujours un moment délicat. À sa demande, chaque gardé à vue peut bénéficier de la présence d'un avocat. Jike en a mené des centaines, comme tous les autres membres de son groupe. Aucune ne ressemble à une autre. Elles peuvent durer de quelques minutes à plusieurs heures. Certaines semblent faciles de prime abord, mais se révèlent infernales à mener. D'autres, au contraire, semblant mal engagées, trouvent une issue favorable. Seul point commun, toutes sont éprouvantes, tant pour le suspect que pour le policier. L'audition est une guerre de tranchée psychologique entre deux protagonistes aux objectifs inconciliables : recherche de la vérité dans le respect des règles sociales, éthiques et juridiques pour l'un, mise en œuvre de toute solution pour sauver sa peau (tricher, mentir, séduire, dénoncer, simuler, etc.) pour l'autre. Cette guerre psychologique repose sur des liens complexes qui doivent se créer entre le flic et le suspect. C'est un rapport de force, parfois un rapport de séduction. Dans un cas comme dans l'autre, tous les coups sont permis. De part et d'autre. Le ton et le langage employés, l'éventuelle empathie, la structure des questions, la prise de conscience des responsabilités, les échanges de regards, la façon de se tenir et de se mouvoir, les non-dits, les silences, les pauses durant lesquelles les conversations peuvent dériver sur n'importe quel autre sujet, le sport, la cuisine, le cinéma, etc. Tout compte. Tout peut conduire, à n'importe quel moment, à l'échec ou à la réussite de l'audition. Parfois, une estime réciproque peut s'installer et conduire à des échanges plus productifs. Une forme de reconnaissance mutuelle non conventionnelle entre des protagonistes que rien ne semblait pouvoir mettre d'accord. Si l'objectif est d'obtenir des aveux, ceux-ci ne sont pas toujours nécessaires. Ils doivent de toute façon être accompagnés de preuves matérielles les confirmant. L'aveu qu'on appelait autrefois la « reine des preuves » est depuis bien longtemps passé au second plan, derrière la preuve scientifique. Il faut bien reconnaître que la recherche systématique de l'aveu conduisait autrefois à user de techniques finalement pas bien éloignées de ce que désigne clairement le Code pénal, comme des actes de torture et de barbarie. On avait alors beaucoup plus de risque de retrouver des innocents en prison. Mais ils avaient « avoué », et tout le monde ou presque était satisfait. Au cours d'une audition, tous les détails comptent. Seuls les auteurs des faits connaissent ceux qui, s'ils sont découverts, peuvent conduire à leur condamnation. Et Jike sait que finalement, tout repose sur les détails, toujours les détails.

Éric, « le solide », fidèle à sa réputation d'homme de main dans la nébuleuse du grand banditisme, fait valoir son droit au silence. Il ne dit rien lors de sa garde à vue. Froid et déterminé, il ne confirme même pas son identité. Celle-ci n'est vérifiée qu'avec la prise de ses empreintes et de son ADN qui matchent avec les fiches enregistrées à son nom au cours d'affaires précédentes. Son ADN est aussi comparé – pour verrouiller l'affaire – avec celui retrouvé sur les vêtements de la victime. Aucun doute, il s'agit bien de celui du « Solide ». C'est Max qui a mené l'audition. Il est vexé de ne rien avoir obtenu de ce beau voyou, comme on dit dans le jargon policier. Et il râle, comme d'habitude.

Ce n'est pas la même chose pour Jean-Pierre, le frère. Resté dans l'ombre de son aîné à tenter de se faire un prénom chez les malfrats, il a tendance à chatouiller la bouteille un peu trop souvent et paraît beaucoup plus faible psychologiquement que son frère. C'est Carlos, expert en interrogatoire, qui s'y colle. Il choisit d'utiliser une méthode qu'il adore : l'épreuve de la patience. Sans relâche, il mitraille Jean-Pierre de questions et de vérifications de détails, même les plus insignifiants. Au bout de la quatrième déposition, Jean-Pierre, affecté par le manque d'alcool, la peur et la fatigue, revient sur les événements, confirmant que les deux frères ont bien déposé le corps de la victime aux Buttes-Chaumont. Cette dernière, déjà morte, a été amenée dans le coffre d'une BMW noire, rue Pradier. L'avocat, présent à ses côtés durant l'interrogatoire, a beau lui dire de garder le silence, Jean-Pierre s'affale devant Carlos, aux anges. Mais l'histoire s'arrête là. Par peur de représailles, Jean-Pierre Charles refuse d'en dire plus.

Jike fait son rapport au parquet et les deux frères sont déférés devant la justice. L'enquête est pourtant loin d'être terminée. De nombreuses zones d'ombre subsistent. Jusqu'à présent, aussi surprenant que cela puisse paraître, aucun lien n'existe entre les frères Charles et la victime dont l'identité est toujours inconnue, aucun des deux frères n'ayant donné la moindre information pour l'identifier. Des suspects mais pas de mobile. Où est la BMW ? Qui est le correspondant mystère qui a menacé Jike ? Pour quelle raison ? Comment a-t-il obtenu son numéro de téléphone ? Jike est partagée entre deux sentiments : la satisfaction d'avoir bouclé le début de cette enquête rapidement et la frustration d'un travail inachevé. Elle vient de remporter une victoire en attrapant le train en marche, mais elle réalise qu'elle est montée dans un wagon décroché du reste du convoi.

Le temps recommence à jouer contre elle. Une fois de plus, elle ne maîtrise pas l'ensemble de son enquête. Deux questions centrales restent sans réponses : qui est l'auteur du meurtre ? Quel en est le mobile ? À ce stade, personne dans l'équipe n'est en mesure d'y répondre.

10

23 h 30. Allumé comme un sapin de Noël, le Stade de France déverse une marée humaine qui s'écoule vers les stations du RER et les parkings alentour. Des flics des compagnies de circulation de la préfecture de police de Paris, équipés de calots bleu marine un peu ridicules (et ressemblant fort à ceux des cuistots de cafétéria), de bâtons lumineux et de chasubles fluorescentes, sont positionnés à chaque intersection tout autour du stade et, dans une coordination quasi mécanique, organisent le flux des piétons et des véhicules en tous genres, en s'époumonant dans leurs sifflets à roulettes *made in France*. À l'heure du cybermonde, ce ne sont pas une intelligence artificielle et des serveurs californiens qui règlent l'écoulement des monstrueux flux de circulation et de population parisiens, mais des gardiens de la paix âgés d'à peine 25 ans, déjà fatigués, et sur qui tout le monde s'essuie les pieds, le tout pour mille huit cents euros par mois ! Vu d'en bas, cela ressemble quand même un peu à un grand bordel, d'autant que l'air est saturé de gaz d'échappements, d'odeurs de sueur rance et de merguez bon marché grillées sur des barbecues de fortune – vingt euros le sandwich, comptez-en quatre supplémentaires avec un coca tiède. Vu d'en haut, cette foule compacte et mobile a l'allure d'une coulée de boue glissant vers des bouches d'égout géantes incarnées par les gares du RER et les parkings autour. Ne manque que le bruit de succion. Un modèle d'efficacité. Une matrice monstrueuse à plein rendement. Le monde moderne, en somme. Près de quatre-vingt mille personnes de tous les âges, de tous les sexes, quittent le

temple français du sport et du rock, rassasiées de décibels, saturées de lumières vives et de pyrotechnie, excitées par le bruit, l'électricité statique et la promiscuité, pressées de rentrer chez elles pour se jeter sur une émission de téléréalité, à défaut sur leurs partenaires ou sur une page internet triple X… En moins d'une heure – finalement, l'évacuation du stade peut être qualifiée de grand bordel efficace –, le site s'est vidé, de nouveau abandonné aux courants d'air, aux mômes testant sans casque leur dernier scooter volé, aux putes occasionnelles et aux petits dealers d'herbe.

Jike et Maurizio, comme les quelques dizaines de milliers de personnes qui les entourent, sortent du concert des Guns n'Roses. Cette soirée tombait mal parce que Fred l'avait oubliée et qu'elle arrivait juste à un moment où Jike et lui avaient besoin de se retrouver. Pourtant, cette date avait été retenue et les billets achetés presque un an auparavant. En quarante-sept minutes, la totalité des places avait été vendue *via* Internet pour les deux dates parisiennes. Deux soirs au grand stade à guichets fermés. Un record, d'autant que les moins chères avoisinaient les cent euros. Jike avait réfléchi mais n'avait pu se résoudre à renoncer au spectacle des Gun's au Stade de France. Ce groupe mythique, en pleine reconstruction après des années de brouilles internes aussi inutiles que commercialement rentables, avait le mérite de mettre les deux flics d'accord. Jike est une adepte quasi exclusive du funk, cette musique afro-américaine initiée par des monstres sacrés comme George Clinton, James Brown et Sly Stone, puis portée au firmament des succès mondiaux par Prince, Mickael Jackson et The Time. Maurizio, quant à lui, est fan de rock, mordu des Rolling Stones, inconditionnel de Jimi Hendrix, U2, Motörhead et Led Zeppelin. Entre ces deux-là, les discussions musicales interminables étaient quasi quotidiennes et avaient le don d'énerver leurs collègues qui, dès les débats lancés, s'empressaient de quitter les lieux en levant les yeux au ciel. Malgré leur antagonisme de fond et leurs certitudes réciproques d'être détenteurs de l'unique vérité quant aux origines de la « vraie » musique, il existe des groupes qui les mettent d'accord et leur permettent de faire des trêves dans la guerre de tranchée qu'ils mènent. Parmi ces groupes figurent, par exemple, Lynyrd Skynyrd ou bien encore les Guns n'Roses.

Le concert à peine terminé, Jike et Maurizio lancent un énième débat sur les motivations profondes qui avaient pu pousser Ronnie Van Zant et ses potes à monter dans l'avion pourri qui les avait conduits droit dans la tombe, en 1977, alors qu'ils se trouvaient au sommet de leur gloire. Ils rient maintenant en évoquant un détail qu'ils ont tous deux remarqué. Comme s'il était au courant de la rivalité musicale qui les oppose, Duff McKagan, le bassiste des Gun's, avait gravé le *love-symbol* de Prince sur sa guitare basse, et portait durant le show un tee-shirt à l'effigie de Lemmy Kilmister, le chanteur de Motörhead. Jike et Maurizio tombent d'accord sur une évidence : l'intention de Duff McKagan était claire. C'était un hommage aux deux enquêteurs de la PJ parisienne et rien que pour ça, ils se font la promesse de ne jamais changer d'avis, ni l'un ni l'autre, sur leurs certitudes et goûts musicaux. En fait, ils s'accordent même sur le fait qu'ils ont tous les deux raison.

Une mauvaise surprise attend Jike ce soir-là quand elle rentre chez elle après avoir raccompagné Maurizio. Quand elle se glisse dans son lit, Fred ne s'y trouve pas. Elle aurait bien aimé qu'il soit là, mais il en a visiblement marre de passer son temps à l'attendre. Il faut dire qu'entre le boulot et le reste, elle finit par compter en minutes par semaine le temps partagé avec lui. Il a laissé un mot laconique sur la table de la cuisine indiquant qu'il est sorti, lui aussi, et qu'il rentrera tard, voire très tard. Les filles dorment chez des copines. L'appartement est vide. Vide et silencieux. Plus que jamais, Jike se sent seule. Elle ressent cette solitude aussi fort qu'elle a senti la communion collective des fans dans la fosse du stade deux heures avant. La descente est violente. Elle n'a pas son homme, elle n'a pas ses enfants, elle se sent vide, inutile, et d'un coup, comme ça, sans qu'elle comprenne vraiment pourquoi, les larmes coulent sur ses joues fraîches. Un chagrin venu du ventre, de tout au fond de son être, la submerge. Elle sanglote comme une petite fille durant un bon quart d'heure avant de se calmer et d'accueillir le sommeil qui vient. Elle aurait eu besoin des bras de son père, elle aurait voulu se lover contre le sein de sa mère. Mais elle doit regarder la réalité en face. Elle est de plus en plus seule. Par sa faute. La vie est faite de choix. Ses choix, elle les fait pour garder le contrôle et elle se rend compte qu'elle n'y arrive pas. Elle réalise encore une fois qu'elle n'est qu'un être humain et pas une super héroïne. Elle se dit qu'elle devrait apprendre à lâcher prise, à s'abandonner de temps en temps avant de tout perdre. Alors, juste avant de s'endormir, elle se dit qu'il est plus que temps de reprendre la main sur le versant affectif et personnel de son existence avant de devenir une vieille conne. Cette nuit-là, Jike fait un rêve bizarre. Elle oublie sa carte de police et son portefeuille plein d'argent liquide dans un restaurant où elle a dîné avec son père et sa mère. Elle est folle d'inquiétude d'autant que personne autour d'elle ne semble comprendre en quoi cela peut être grave. Lorsqu'elle retourne au restaurant, elle est retardée par des gens qui l'appellent à l'aide alors qu'ils sont attaqués par des voyous armés, mais elle est incapable de se souvenir de la procédure à suivre et fuit la peur au ventre. Lorsqu'elle arrive enfin au restaurant, le serveur lui rend son portefeuille. La carte de police y est, mais il manque tout son argent. Ce rêve la laisse sur un sentiment de tristesse profond au réveil. Qui est-elle vraiment ? Qu'a-t-elle à offrir ? Que faire de ses peurs ? Ce qu'elle comprend, c'est qu'elle se parle à elle-même et qu'elle doit peut-être apprendre à regarder ses peurs sous un angle différent de celui du contrôle. D'autant que Fred n'est pas rentré de la nuit. En voilà un sur qui, visiblement, le contrôle ne fonctionne plus.

*

Une nouvelle journée. Une nouvelle réunion. Le groupe de Jike est au grand complet. Il est 8 h 50. L'humeur de Jike peut être qualifiée de moyenne.

— Les Gun's qui rendent hommage à la PJ, tu es sérieux ? souffle La Momie à Maurizio.

— Je suis fan, lui rétorque Maurizio. C'était énorme !

— Ce qui est incroyable, murmure Fabien, c'est que c'est bien la première fois qu'une discussion sur la « vraie » musique ne dégénère pas dans ce bureau. Merci Duff McKagan !

Jike consulte ses mails en écoutant distraitement son équipe discuter. Elle ouvre un des messages et la pièce jointe associée, lève la tête vers l'équipe qui lui fait face.

— J'ai reçu la CR et on a du pain sur la planche.

CR est l'abréviation de commission rogatoire. Il s'agit de la délégation du juge d'instruction permettant aux enquêteurs de poursuivre leur enquête sous son autorité, celle d'un magistrat du siège qu'on qualifie d'homme le plus puissant de France tant les pouvoirs d'enquête qui lui sont attribués par le code de procédure pénale sont étendus. À l'issue de leurs gardes à vue, les deux frères Charles avaient été présentés au procureur de la République. Ce magistrat, qui représente le ministère public, avait immédiatement ouvert une information judiciaire, les faits étant qualifiés de crime. L'enquête nécessitant des investigations supplémentaires, il avait chargé un juge d'instruction de poursuivre le travail. L'équipe de Jike devait maintenant travailler en étroite collaboration avec lui.

— Il faut se partager le boulot, propose Maurizio. Nous devons faire le lien entre les frères Charles et la victime, si jamais il existe. Nous devons aussi découvrir si les deux frangins sont les auteurs du meurtre ou bien si, comme l'a sous-entendu Jean-Pierre Charles en audition, ils ont tenté de se débarrasser du corps d'une victime déjà morte qui pourrait avoir été éliminée par un ou plusieurs complices. Nous devons retrouver la BMW et surtout découvrir qui la conduisait le soir des faits.

— La piste la plus sérieuse est le téléphone allemand en contact avec le 07 d'Éric Charles à 19 h 27, avance Fabien. Je me charge de l'analyse de ses fadettes. Vu que les perquisitions chez les deux frères n'ont pas permis de découvrir les identités de leurs contacts, je propose également d'étendre les recherches sur tous leurs complices tombés avec eux dans des affaires de stups précédentes. Avec un peu de chance, on accrochera peut-être un de leurs anciens associés ?

— Exact, poursuit Jike. Il faut fouiller le passé des frères Charles en gardant en tête les menaces dont j'ai été victime. Question une : comment un type impliqué dans ce meurtre a-t-il pu avoir connaissance de mon numéro de téléphone portable personnel et de mon identité ? Question deux : si les frères Charles ont un ou plusieurs complices, qui sont-ils ?

— Qui peut avoir accès à nos données personnelles ? demande Freddy.

— L'administration, répond Carlos.

— Mais plus précisément ?

— Les collègues du service, les administratifs, la direction, les secrétaires... Ça fait beaucoup de suspects, souffle Max.

— N'oubliez pas que nous ne connaissons même pas l'identité de la victime. Les bases d'une enquête criminelle sont de travailler sur l'entourage de la victime. Il faudrait peut-être se concentrer sur ce volet, non ? lance Carlos plutôt sûr de lui.

— J'ai eu le juge ce matin, on est d'accord pour axer nos efforts sur cette priorité, précise Jike. Freddy, tu as revérifié les disparitions inquiétantes ?

— Affirmatif, répond celui-ci. Toujours rien à gratter de ce côté-là.

— Sur quel secteur ?

— Comment ça, sur quel secteur ?

— Tu as vérifié les disparitions inquiétantes sur quel secteur géographique ? précise Jike, agacée.

— J'ai fait toutes celles de la région parisienne.

— Étends tes recherches au niveau national.

— Ça prendra du temps.

— Prends-le, tranche Jike sèchement.

— Reçu, cheffe, répond Freddy en faisant la gueule.

— De mon côté je visionne les vidéos que j'ai récupérées auprès des commerces situés autour du parc Monceau, ajoute Maurizio.

— Moi, je me charge du passé des frères Charles, dit Carlos.

— Exécution, les gars, conclut Jike.

Alors que l'équipe quitte le bureau de Jike, elle rappelle Freddy :

— Ne fais pas la gueule. Je m'excuse… Je suis un peu… fatiguée.

— Je sais, Jike, je sais, répond Freddy sans se retourner mais en souriant pour lui-même.

Freddy, comme les autres membres du groupe, déteste l'idée que sa cheffe de groupe puisse le trouver insuffisant et qu'il puisse l'agacer. Le fait que Jike s'excuse le rassure et lui permet de se souvenir qu'elle a aussi ses limites, ses fragilités. À cet instant, il sait qu'il a envie de tout donner pour lui donner satisfaction.

L'efficacité d'une équipe passe par son intelligence collective, son sens critique et sa capacité à l'autocritique, à son aptitude à discerner l'essentiel de l'accessoire. Toute à ses pensées, Jike sent que le détail qui lui manque pour progresser franchement se trouve dans le lien que l'équipe établit entre les menaces qu'elle a reçues et le ou les complices des frères Charles. Son instinct la pousse à engager une réflexion en ce sens. Comment un contact des frères Charles a-t-il pu avoir accès à ses données administratives personnelles ? Ce que cela sous-entend ne lui plaît pas beaucoup… Mais pour l'instant, elle a une chose plus importante à faire. Désormais, seule dans son bureau, elle attrape son téléphone et compose le numéro de Fred. Elle a besoin de lui parler pour lui dire, à lui aussi, qu'elle lui demande pardon. Pardon d'être un fantôme en ce moment. Que ce n'est que temporaire, qu'une fois cette affaire réglée, elle prendra du temps pour lui, pour les filles. Elle se sent tellement coupable de la situation. Elle se sent prête à mettre sa fierté de côté pour lui dire à quel point elle a besoin de lui. Elle tombe directement sur sa messagerie, serre les dents et ne laisse pas de message. S'agissant de ce volet de sa vie, il faudrait encore attendre un peu pour reprendre le contrôle de la situation. D'un coup, elle se met à avoir peur, alors machinalement, elle ouvre le fichier de son rapport de synthèse et se met au boulot. Pour le reste, elle verrait plus tard.

11

Quelques heures plus tard, Freddy sort Jike de ses pensées pour lui annoncer une excellente nouvelle.

— J'ai trouvé, lui lance-t-il.

— Quoi ?

— L'identité de la victime. Paul Bisson. Détective privé à Strasbourg. Né en 1955. J'ai sa photo, regarde. Pour moi, il ressemble trait pour trait à notre victime.

Jike se saisit de la photo, Freddy poursuit :

— C'est une fiche de recherche pour disparition inquiétante qui date de quelques jours. Déclaration faite au commissariat central de Strasbourg par Yvonne Bisson, sa femme.

— Appelle-la pour qu'elle vienne l'identifier formellement. Prends des gants avec elle, et accompagne-la à l'IML… Demande aussi un psy pour t'assister.

— Elle est déjà en route. L'identification est prévue dans trois heures, déclare Freddy en quittant la pièce.

Après avoir appelé le service enquêteur de Strasbourg, Freddy avait contacté Yvonne Bisson. Elle lui avait expliqué que son époux n'avait pas regagné le domicile familial depuis un récent voyage à Paris. Elle ne connaissait pas dans les détails le programme de son séjour, mais elle savait tout de même qu'il devait signer un important contrat avec une riche famille du 17e arrondissement. D'après Mme Bisson, cette famille était à la tête d'une entreprise très réputée, mais elle n'était pas en mesure d'en préciser le nom. Son mari devait passer la journée à Paris, déjeuner avec ses clients potentiels et rentrer à Strasbourg. La dernière fois qu'elle avait eu son mari au téléphone, c'était le matin du jour de la découverte du corps aux Buttes-Chaumont.

Jike fait le tour des bureaux du groupe pour annoncer la nouvelle. Le téléphone cellulaire de Paul Bisson, dont le numéro avait été communiqué par sa femme, fait alors l'objet d'une étude prioritaire. Fabien étudie la fadette qui permet de retracer le trajet accompli par Paul Bisson entre Strasbourg et Paris, puis de le suivre dans la capitale pendant son séjour. Le listage mène à l'identification de ses contacts. Outre son épouse, Paul Bisson a été en relation avec le téléphone mobile de Claude-Marie De Sainte-Mage, dont la résidence principale est située avenue Van-Dyck, à proximité immédiate de l'entrée du parc Monceau côté avenue Hoche. Les recherches, menées sur Internet en quelques dizaines de minutes, permettent d'établir que les époux Sainte-Mage sont à la tête d'une grande société d'import-export dans le domaine des appareils électroniques, de l'électroménager et autres matériels high-tech à destination du grand public. L'entreprise familiale avait été créée dès l'après-guerre par le grand-père paternel et les affaires avaient été florissantes. Vente des surplus américains dans les années 1950, puis importation de matériel électrique et électronique à destination des ménages français qui avaient soif de modernité et de consommation, fascinés par l'*american way of life*. Dans les années 1970, le grand-père avait cédé la place à son fils cadet, Claude-Marie, tout juste âgé de 25 ans. La fille aînée, Marie-Claude (cela ne s'invente pas), avait préféré se consacrer à son rôle de mère et d'épouse. Claude-Marie s'était alors trouvé aux commandes d'une affaire florissante mais qui lui avait semblé trop traditionnelle dans ses modes de fonctionnement. Il avait alors fait le choix de créer une franchise, un réseau de boutiques adossé à une centrale d'achat, et c'est dans les années 1980 que l'entreprise familiale s'était transformée en géant de la distribution. L'introduction en Bourse avait été organisée et menée par Claude-Marie lui-même dans les années 2000. Leurs principaux clients n'étaient plus les ménages de la classe moyenne mais la grande distribution. Le chiffre d'affaires se comptait en centaines de millions d'euros. Bref, la vie semblait plutôt financièrement confortable chez les Sainte-Mage.

— Le propre des affaires familiales, c'est la culture de la discrétion, explique Fabien qui a mené les recherches, mais aussi la passion de l'anonymat, le pouvoir et l'argent sans bruit. Comme ce type d'entreprise va avec un pouvoir centralisé incarné par la descendance du fondateur, il va de soi que tout nouveau contrat doit passer par le filtre approbateur de Claude-Marie. Ponctuellement, il accepte de nouveaux contrats et engage des détectives privés pour vérifier la solvabilité des futurs partenaires. Ce qui est intéressant, c'est que les contrats portant sur des sommes très importantes, la rémunération des détectives l'est en conséquence. Je pense qu'on tient quelque chose de sérieux.

— Tout cela commence à sentir l'argent et les affaires, complète Jike. Avant de convoquer les époux Sainte-Mage, on a des vérifications à faire. On fait le tour des fichiers, la téléphonie et tout le reste. C'est parti.

Les véhicules de la famille sont identifiés et, première information, l'équipe s'aperçoit qu'ils ne possèdent pas de BMW. Les téléphones sont géolocalisés ; ils n'ont pas borné une seule fois dans le secteur des Buttes-Chaumont au cours des dernières semaines. Les fadettes de leurs lignes, mais également celles de leurs correspondants, sont analysées. Mais personne n'est accroché sur le lieu de découverte du corps, et personne ne semble non plus en contact avec les frères Charles. Ces éléments d'information ne suffisent pas à disculper totalement les Sainte-Mage. Néanmoins, cela permet d'engager les premières auditions. La décision de procéder aux interrogatoires des époux Sainte-Mage n'est pas facile à prendre. Les auditions pourraient conduire à une réelle avancée de l'enquête ou, tout au contraire, à de nouveaux obstacles, voire des freins.

Les Sainte-Mage font en effet partie de la haute société parisienne. Dès la nouvelle de leurs auditions connue, il fallait s'attendre à ce que les coups de fil se mettent à pleuvoir en cascade sur le 2e DPJ, depuis le cabinet du préfet de police et peut-être même depuis le cabinet du ministre de l'Intérieur lui-même. Si c'était le cas, Jike se retrouverait seule en première ligne. Elle devait donc préparer un argumentaire solide pour convaincre sa hiérarchie de l'intérêt de ces interrogatoires. Elle sait qu'elle agit pourtant sous la protection du juge d'instruction, mais elle sait aussi d'expérience que dès qu'une affaire devient médiatique et touche d'un peu trop près une personnalité ou une famille de la société bourgeoise parisienne, les fuites se multiplient et il devient alors très complexe de mener des investigations dans un contexte de surprise et de sérénité, de garder la main sur le temps. La solution de facilité serait de ne pas mener les auditions des époux Sainte-Mage avant d'avoir la certitude de leur implication. Mais Jike ne fonctionne pas ainsi. Son expérience lui a montré à plusieurs reprises qu'il faut savoir prendre des risques pour faire avancer les enquêtes, même sensibles. Décider dans l'incertitude. « Prendre la moins mauvaise des décisions en meilleure connaissance de cause », comme l'avait dit le préfet Fournier, en fonction à Toulouse, au moment de la catastrophe AZF. Jike, pour sa part, n'a pas toutes les cartes en main mais elle doit se positionner avec ce qu'elle sait, avec sa perception de la situation et son expérience ; elle devrait ensuite assumer ses choix ainsi que toutes les éventuelles conséquences pour l'enquête, y compris désastreuses. Certains flics, par peur, par inexpérience, par méconnaissance, prennent toujours la décision la moins risquée. Ils évitent alors certainement de commettre de grosses erreurs à ces moments clés des recherches, mais leurs investigations sont souvent lentes, parfois même interminables, ce qui les conduit à commettre d'autres erreurs aux conséquences dommageables. Une des qualités du chef d'équipe est de savoir mesurer ce risque. Les époux Sainte-Mage peuvent indéniablement être qualifiés de suspects, et être mis en cause selon des règles procédurales coercitives. Pourtant, Jike décide, avec l'assentiment du juge d'instruction, d'en faire de simples témoins. Seule l'enquête pourrait maintenant dire si elle a tort ou raison.

Quand Freddy revient de l'IML, il a les traits fatigués, l'air un peu triste. Tout le monde comprend instantanément.

— C'est confirmé, dit-il simplement. Elle a reconnu son mari, sans l'ombre d'un doute.

Les époux Sainte-Mage sont donc convoqués à la brigade et les auditions lancées. Max, Carlos et Jacques s'y attellent. M. de Sainte-Mage, 75 ans, remet la copie du contrat qui le lie depuis peu à Paul Bisson. Il apparaît très affecté par la nouvelle de son assassinat et confirme l'avoir engagé comme détective privé, l'homme lui ayant été recommandé pour son sérieux par une relation d'affaires. Claude-Marie de Sainte-Mage ajoute qu'il l'avait d'ailleurs mis en concurrence avec un autre détective, mais que celui-ci, en plus de pratiquer des tarifs exorbitants, lui était apparu peu fiable. Paul Bisson avait alors été confirmé dans la mission qui devait lui être confiée. La dernière fois qu'il l'avait vu, c'était un peu avant midi le jour du meurtre, c'est-à-dire la veille de la découverte du corps aux Buttes-Chaumont, alors qu'il quittait la résidence familiale à l'issue de la signature du contrat. Mme De Sainte-Mage, quant à elle, verse quelques larmes de crocodile sur « ce pauvre M. Plisson, pardon, Bisson » et précise tout de même « avoir préparé un cake aux fruits confits (la recette de sa mère) pour le thé, et que ce bon M. Plisson, pardon, Bisson, avait beaucoup apprécié ».

Fabien, qui ne lève pas les yeux de son logiciel d'analyse des fadettes, relève un détail qui permet à l'équipe de poursuivre sa remontée dans le temps. Il vient de découvrir que le téléphone allemand en contact avec celui d'Éric Charles à 19 h 27, pile au moment du transport du corps de la victime dans le container à poubelles, avait été également en contact avec le téléphone de Paul Bisson le matin de ce même jour. Le cellulaire du détective n'était d'ailleurs plus actif depuis le tout début d'après-midi. Cette information pouvait potentiellement confirmer l'heure du décès, estimée à moins de douze heures avant la découverte du corps. Le téléphone allemand prenait d'un seul coup une importance capitale. Ses correspondants étaient très peu nombreux mais parmi eux il y avait désormais les frères Charles et la victime.

Fabien retrace alors avec précision la localisation de ce cellulaire étranger en France, plus particulièrement la journée des faits. Il remarque ainsi que ce cellulaire est, en toute fin de matinée, localisé à proximité immédiate du domicile des époux Sainte-Mage, à l'entrée du parc Monceau. Fabien communique immédiatement cette information à Maurizio qui le rejoint afin d'affiner les analyses des images vidéo qu'il est en train d'exploiter.

Au bout de plusieurs heures de recherches, les deux enquêteurs retrouvent la BMW sur les images tirées d'une vidéo de la façade du siège d'une banque située à l'angle de la rue de Courcelles et de l'avenue Van-Dyck. La voiture arrive puis quitte l'avenue du domicile des époux Sainte-Mage quelques minutes après. Les vitres arrière sont teintées mais l'angle de la caméra permet de voir nettement, lors du second passage alors que le véhicule est filmé de face, que quatre hommes sont présents à l'intérieur, dont l'un ressemble trait pour trait à Éric Charles. Il est à la place du passager, à côté d'un conducteur de type européen. Un cliché photographique de ce nouveau suspect est tiré de ces images.

Ces éléments permettent à l'enquête de faire un grand bond en avant. Les localisations successives du téléphone allemand suspect, de celui de Paul Bisson et de ceux d'Éric et Jean-Pierre Charles durant les heures précédant la découverte du corps mettent en évidence un cheminement identique. Les quatre cellulaires partent ensemble de l'avenue Van-Dyck dans le 17e arrondissement, un peu avant midi, pour se rendre dans le secteur des Quatre-Chemins à Aubervilliers, lieu d'habitation d'Éric Charles. Les quatre téléphones y bornent durant quelques heures avant de se séparer. Celui de la victime est alors définitivement coupé, mais le téléphone allemand reste actif jusqu'à l'appel de 19 h 27. Les cellulaires des deux frères réapparaissent aux Buttes-Chaumont au moment du transport du corps.

En tout début de soirée, Jike réunit son équipe et expose les derniers éléments recueillis. Elle charge Carlos, qu'elle sait doué d'un réel esprit de synthèse, de faire le point. Cela permet à Jike de se mettre en position d'écoute, à distance, à cette nouvelle étape importante des investigations.

— Avec ce qu'on a, je pense qu'on peut résumer l'histoire comme ça, commence Carlos. Les frères Charles et le conducteur de la BMW, sans doute l'utilisateur du téléphone portable allemand, ont attendu Paul Bisson à sa sortie de l'hôtel particulier de la famille Sainte-Mage. Ils l'ont pris à bord de leur véhicule, la fameuse BMW série 5. Ils se rendent ensuite chez Éric Charles, à Aubervilliers, où Bisson est tué. Après les faits, ils se débarrassent du corps en le plaçant dans le container à poubelles pour l'abandonner dans le parc des Buttes-Chaumont. Une fois les frères Charles déposés rue Pradier, le conducteur de la BMW leur passe un dernier coup de fil pour s'assurer que tout se déroule comme prévu. Reste à savoir pourquoi Paul Bisson a été assassiné.

— Le plus urgent, c'est donc de retourner au domicile d'Éric Charles pour lancer des constatations plus poussées, réagit Jike. On doit lancer les recherches en fluorescence et passer les lieux au Bluestar.

Ce n'est pas la première fois que Jike fait appel à ce produit qui donne de très bons résultats. Composé de luminol, le Bluestar est un des réactifs les plus communément utilisés pour la détection des taches de sang. Son oxydation, en présence de peroxyde d'hydrogène et d'un catalyseur, émet une chimiluminescence détectable dans l'obscurité. Ce procédé chimique permet ainsi de révéler la présence de l'hémoglobine du sang, y compris les traces effacées, lavées ou diluées.

L'équipe acquiesce un peu mollement. Tout le monde est fatigué. La journée a été productive et Jike jette un œil à sa montre. 20 h 30. Une heure plus que raisonnable pour rentrer à la maison.

— Je vois avec le juge pour extraire Éric Charles de détention et organiser les constatations chez lui demain. Allez… Fin de journée. Merci pour le boulot, les gars.

Lorsqu'elle arrive chez elle, Fred l'attend assis sur une chaise dans la cuisine. Il a fumé une cigarette. On sent encore l'odeur du tabac.

— Déjà rentrée ? Il n'est que 20 h 58.

— Je fais ce que je peux, répond Jike agacée.

— On fait tous ce qu'on peut ma chérie. Mais moi, j'en ai assez.

— Pas ce soir, s'il te plaît, je suis fatiguée.

— Jike est fatiguée, Jike fait ce qu'elle peut. Mais la commandante Cooper nous fait chier avec sa vie qui dicte le tempo de celle des autres.

— Tu m'emmerdes, Fred. Où sont les filles ?

— Elles dînent chez Carole et son mari, l'appartement du dessus. Tu sais, les parents de la petite Océane, leur copine… Des gens avec qui j'ai sympathisé il y a environ huit mois et que tu avais promis de rencontrer aussi. Mais tiens, c'est marrant, tu n'as jamais eu le temps.

— Va te faire foutre !

— C'est ce que je vais faire. Tu iras chercher les enfants. Moi, j'ai besoin de prendre l'air. Ne m'attends pas.

— Comme hier soir ? C'était bien ta petite soirée ?

Fred la regarde tristement.

— Tu ne comprends décidément rien.

Jike réalise qu'elle dépasse les bornes et essaie de retenir son mari.

— S'il te plaît, mon chéri. Je suis sur un dossier pénible, je n'arrête pas et je ne peux pas lâcher l'équipe à ce stade. Sois patient… S'il te plaît…

— Laisse-moi. Et débrouille-toi avec tes putains de dossiers, tes collègues et la vie quotidienne.

Fred claque la porte. Jike se laisse tomber sur le canapé et se prend la tête dans les mains. Au bout de quelques minutes, elle se lève, se regarde dans le miroir de l'entrée et décide d'aller chercher ses enfants. Cette soirée sera pour ses filles. Quant à Fred, elle attendrait qu'il se calme pour lui parler. S'il en avait encore envie.

12

Le lendemain matin, dès 8 heures, Éric Charles est extrait de sa cellule pour assister aux constatations dans son appartement. Une fois sur place, rue des Postes, à Aubervilliers, Jike et son équipe – à l'exception de Fabien qui continue son travail d'exploration téléphonique – mettent en place un dispositif conséquent de manière à assurer leur protection dans ce quartier sensible. En lien avec le commissariat local qui a mobilisé la BAC[1] et obtenu le renfort d'une demi-compagnie de CRS, sous les huées de groupes de jeunes attirés par la présence des policiers, ils débutent méthodiquement les recherches de traces et d'indices en commençant par les parties communes de l'immeuble, poursuivant par le parking souterrain pour terminer dans l'appartement situé au deuxième étage. En entrant dans le studio, une odeur difficilement supportable les contraint à aérer la pièce avant de débuter leurs recherches. L'odeur provient de la pourriture des aliments contenus dans un congélateur à l'arrêt. Quelqu'un avait dû disjoncter le circuit électrique de l'appartement lors de la dernière perquisition.

Une fois l'odeur dissipée, une équipe de l'Identité judiciaire calfeutre les deux fenêtres de manière qu'aucune source lumineuse ne pollue leur action, dispose trois lampes spéciales munies d'ampoules à UV qui éclairent les lieux d'une lumière bleuâtre, et vaporise du Bluestar sur les murs, le sol, les meubles et les objets. Si ce produit miracle révèle des traces de sang invisibles pour l'œil,

1. BAC : brigade anticriminalité.

il peut également mettre en évidence certains produits ménagers ainsi que le sang d'origine animale. Il est alors impératif, une fois les zones révélées, d'effectuer des prélèvements qui partiront à l'analyse, afin de confirmer la nature du produit révélé : sang humain ou autre. Jike sait que s'il y a la moindre trace de sang dans cette pièce, elle le verrait aussitôt. Les constatations au Bluestar se font dans une lumière noire qui crée une ambiance très particulière. L'apparition des traces de sang, lors des pulvérisations, alors même que rien n'est visible à l'œil nu, donne à l'endroit un côté maudit. L'imaginaire des enquêteurs assistant aux opérations fait le reste. Lorsque des traces apparaissent, des prélèvements sont effectués, qui seront comparés aux échantillons de sang de la victime. Les réactions sont nombreuses, et au milieu de l'unique pièce, sur le parquet, une concentration de traces apparaît. Les mêmes constatations sont effectuées sur les chaises en bois composant le maigre ameublement. Sur l'une d'elles, les mêmes traces sont découvertes, des coulures sont ainsi visibles sur les deux pieds arrière de la chaise. Tout laisse à penser que la victime a été tuée ici, assise sur cette chaise au milieu de la pièce. Éric Charles assiste, impassible et sous bonne garde, à la scène. Il ne prononce aucun mot. À chaque fois qu'une trace apparaît, Jike ou un des membres de l'équipe lui demande d'expliquer de quoi il s'agit. À chaque fois, il répond qu'il n'a rien à dire.

Les recherches dans les parties communes et le parking n'ont rien donné, ce qui peut laisser penser que la victime a été tirée jusqu'au parking souterrain dans un sac ou roulée dans une bâche, ou l'équivalent. L'ensemble des lieux ayant été exploité, Éric Charles est reconduit à la maison d'arrêt. Le laboratoire de la police scientifique confirmerait plus tard que les traces prélevées dans l'appartement sont bien du sang humain : celui de Paul Bisson. L'ADN d'Éric Charles ayant été retrouvé sur les vêtements de la victime, y compris au niveau des poignets, il était facile de déduire que c'est lui qui l'avait maintenu lors de son exécution à bout touchant. Ne manquait plus qu'à identifier et interpeller le ou les derniers suspects et à découvrir le mobile du meurtre.

Fabien, resté au bureau, découvre que le cellulaire allemand a été acheté en Allemagne deux jours avant le meurtre, juste à la frontière française. Malgré le peu d'appels recensés, sa localisation est rendue possible grâce aux mises à jour régulières automatiques des différents programmes et applications du smartphone, *via* sa connexion internet. L'enquêteur constate que lors de l'appel de menaces reçu par Jike, l'appareil en question borne à proximité du taxiphone de la place de Clichy. Fabien relève aussi un appel émis qui ne dure pas plus de quelques secondes, comme si la personne qui avait passé l'appel s'était ravisée et avait raccroché précipitamment. Il s'agit d'un contact avec un numéro de téléphone fixe correspondant à une agence de détective privé. Non pas celle de Paul Bisson, mais celle d'un homologue dont Fabien trouve rapidement le nom : Francis Delettres. De retour au bureau, Jike, informée en temps réel de cette nouvelle avancée, lance à Jacques :

— Peux-tu contacter tout de suite M. De Sainte-Mage ? Si je me souviens bien, il avait parlé d'un détective concurrent sur l'attribution du contrat.

— Je viens de l'avoir au téléphone, répond La Momie. Il confirme qu'il s'agit bien du détective en question. Sainte-Mage est assez gêné, car le mec est le détective attitré de la famille depuis de nombreuses années. Il avait décidé d'en changer parce que Delettres s'était senti pousser des ailes ces derniers temps : gonflement des factures, paiements relatifs à des investigations non nécessaires, notes de frais injustifiées, etc. Il m'a décrit Delettres comme un divorcé, alcoolique et dépendant au jeu. Il joue au casino. Malgré un salaire plutôt confortable, il n'arrive apparemment plus à éponger ses dettes. Mais c'est à vérifier.

— Bonjour le portrait. Et ce type est un collaborateur de longue date de Sainte-Mage ?

— Quand j'ai demandé à Sainte-Mage pourquoi il avait employé un mec comme ça durant toutes ces années, il a répondu qu'il était très attaché aux principes. J'ai failli éclater de rire, mais bon… Je t'ai gardé le meilleur pour la fin…

— Je t'écoute, répond Jike, pressée de connaître la suite.

— Figure-toi que Francis Delettres est un ancien collègue. C'est un flic originaire de Strasbourg. À sa retraite, il a monté une boîte de détective. Et devine qui était son premier associé avec lequel il s'est fâché au bout de quelques mois ?

— Bisson ?

— Bingo ! Et devine quelle était la spécialité de Delettres lorsqu'il était en activité ?

— Ah, mais tu m'embêtes avec tes devinettes !

— Les stups. Il travaillait dans le 17e. Tu me suis ?

— Ce qui explique qu'il ait été aidé par les frères Charles, analyse Carlos. Les frangins devaient être ses anciens indics.

— D'ailleurs, intervient Fabien, voilà une photographie de Francis Delettres que j'ai retrouvée sur le site internet de son agence. Vous ne trouvez pas qu'il ressemble trait pour trait au conducteur de la BMW de la photo ?

— Écoutez-moi tous, fait Jike. J'ai envie… besoin de passer le week-end en famille. Alors, localisons cet homme.

On se concentre sur cette traque. On passe tout au crible, communications téléphoniques, passé policier, adresses de domicile, lieux fréquentés, réseaux sociaux, surveillance de sa famille, de ses contacts, consultation des fichiers, recherches dans les casinos et autres cercles de jeux… et j'en oublie forcément, alors faites comme d'habitude, innovez ! Si vos recherches n'aboutissent pas, trouvez des moyens de le trouver !

Le groupe vient de passer en phase de traque. Une certaine excitation peut naître dans ces moments-là. Il faut pourtant maîtriser ses émotions à l'approche de l'arrestation d'un suspect, car la moindre erreur peut tout flanquer par terre. Dans l'équipe, tous sont passionnés par cette phase de l'enquête. Chacun rivalise alors d'imagination pour tenter de retrouver Delettres. Cette fois-ci, celui qui y parvient le mieux, c'est Carlos. Il a remarqué une rubrique contact en consultant le site internet de l'agence du détective. Il en déduit que le suspect a aussi un compte Facebook professionnel avec une adresse mail rattachée. Francis Delettres n'est visiblement pas très actif sur les réseaux sociaux, mais on ne peut pas écarter l'idée que pour garder des contacts avec des proches, il les utilise à la place d'un téléphone classique. Carlos veut mettre le compte Facebook sous surveillance.

— Le siège de Facebook se trouve aux États-Unis, en Californie, précise-t-il à Jike lorsqu'il lui explique son raisonnement. Ce n'est pas classique mais ça peut marcher. On essaie ?

— Il nous faut une CRI[1], constate Jike. J'appelle le juge. Donne-moi les références du compte en question.

---

1. Commission rogatoire internationale. Elle permet de poursuivre les enquêtes en dehors du territoire français. Dans ce cadre, des investigations

En un coup de fil et quelques minutes d'argumentation auprès du juge d'instruction, Jike obtient la commission rogatoire internationale demandée. Elle prend sa voiture de service et fonce aussitôt à l'ambassade des États-Unis, un des bâtiments officiels les mieux gardés de la capitale, à deux pas de l'Élysée. Elle ne se pose pas de question et se présente à l'entrée, débite son anglais impeccable et passe les premiers filtres sans aucune difficulté. Elle connaît le mode de pensée des Américains et ne doute pas un seul instant qu'ils lui accorderont l'aide dont elle a besoin. Usant de sa double nationalité, elle se met en relation avec l'officier de liaison en poste dans la capitale, un grand gars corpulent du FBI. Elle lui demande de faire le nécessaire auprès de Facebook. Elle insiste sur le caractère urgent de sa requête, mettant en avant la dangerosité du suspect. L'agent du FBI, réceptif aux arguments juridiques et surtout admiratif des courbes de cette petite collègue française bilingue – une rareté au pays du fromage –, promet à Jike de faire ce travail dans les délais les plus brefs. À l'issue de leur entretien, il lui propose avec un sourire Colgate un dîner en tête à tête à l'ambassade. Jike a un temps d'hésitation. Elle cligne des yeux et visualise mentalement l'homme en train de la culbuter dans une chambre de bonne sous les toits du bâtiment. Elle voit aussi le visage de Fred. Elle frissonne et décline l'invitation avec un sourire.

Dès son retour au bureau, Max lui fait le point sur ses recherches au sujet de Francis Delettres. L'homme, la soixantaine, est entré dans la police à la fin des années 1970 en tant qu'enquêteur. Après avoir été affecté dans un

---

sont demandées aux policiers des pays ayant des accords internationaux avec la France.

commissariat de police, au service judiciaire, situé rue de Rivoli dans le 4e arrondissement, il a passé la majeure partie de sa carrière à la brigade des stupéfiants du 36, quai des Orfèvres. Mal noté par ses supérieurs, il est décrit comme un solitaire aigri, très peu impliqué dans le travail en équipe. Jamais marié, sans enfants, sa vie se résume depuis toujours à un intérêt particulier pour le jeu, notamment la fréquentation des casinos. Francis Delettres a finalement été écarté des stups par son chef de service de l'époque, à la suite d'une sombre affaire de coup d'achat raté au cours duquel quatre mille cinq cents francs avaient disparu. Il a passé la fin de sa carrière au commissariat du 17e où son activité s'était résumée à préparer sa retraite, et surtout sa reconversion. Delettres avait dû faire ses comptes et vite comprendre qu'il lui faudrait compléter sa pension de manière conséquente s'il voulait poursuivre ses activités de joueur de casino. Il avait alors monté cette boîte de détective privé avec Paul Bisson comme associé.

— Je suis monté voir les standardistes de la brigade, continue Max. Eh bien, figure-toi qu'avant que tu ne reçoives ton appel de menaces, une d'entre elles a communiqué tes coordonnées à un homme qui s'est présenté comme un policier du commissariat du 17e arrondissement, qui voulait parler au responsable de l'enquête sur le cadavre des Buttes-Chaumont.

— Je crois qu'on touche au but.

— Tu as l'air fatiguée, cheffe.

— Un peu.

— Tu devrais lâcher quelques jours… Et ton mari, il en pense quoi ?

— Il s'est barré. Il…

La conversation est interrompue par la sonnerie du téléphone. C'est l'agent du FBI en poste à Paris qui s'est démené pour montrer à sa petite collègue française combien il est efficace et combien ils auraient des choses à se raconter si elle acceptait de dîner avec lui. Il a déjà les premières réponses à la demande qu'il a envoyée, *via* le siège du FBI à Washington, à la société Facebook. La dernière activation du compte de Francis Delettres a été effectuée deux jours auparavant, et l'adresse IP de l'ordinateur utilisé pour cette connexion se trouve dans le centre-ville de Berlin. Notant les informations dans les moindres détails sur un Post-it, Jike le remercie et raccroche en prenant soin de ne pas glisser sur le terrain de l'invitation.

— Je peux faire quelque chose pour t'aider ? demande Max. Ta famille, c'est plus important que tout ce barnum, non ?

— Laisse tomber.

Elle lui tend alors le Post-it qu'elle vient de griffonner.

— Lance les recherches là-dessus, s'il te plaît.

Maurizio, arrivé juste derrière Max, lui enlève par surprise le papier jaune des mains.

— Je lance la demande de coopération internationale auprès des autorités allemandes. Je leur envoie la photographie de Delettres. Merci, Maxou !

Jike et Max sourient. Ce dernier attend quelques secondes. Il voit bien qu'elle voudrait parler mais il voit bien aussi que ce n'est pas le moment. Alors il lui fait un grand sourire et lui pose la main sur l'épaule.

— Si tu as besoin, on est là. Tu peux compter sur nous, cheffe.

— Je le sais. Merci.

Il est un peu plus de 17 heures quand Maurizio appelle le juge d'instruction qui n'hésite pas à lui délivrer un mandat d'arrêt international. Il communique, *via* Interpol, tous les renseignements concernant l'enquête en cours et sollicite les services de police judiciaire allemande afin qu'ils se rendent à l'adresse découverte en Allemagne. Pour accélérer sa demande, Maurizio contacte les policiers français en poste à Berlin, officiers de liaison et agents de sécurité intérieure de l'ambassade, et leur transmet également tous les éléments. Les autorités allemandes, très réactives, confirment la mise en place immédiate d'un dispositif d'interpellation. Le dénouement de l'enquête dépend maintenant totalement de leur efficacité. Tout le travail de communication de Maurizio consiste à motiver les autorités allemandes et ses correspondants français sur place pour les pousser à agir rapidement. Ce n'est pas si simple, car la procédure de coopération repose sur des règles de droit strictes et doit être rigoureusement suivie. À défaut, un fait divers comme celui-là peut se transformer en incident diplomatique. En plus des autorités judiciaires françaises, le groupe se retrouverait alors avec le Quai d'Orsay sur le dos. Autant dire que personne n'en a envie. Mais Maurizio est expérimenté. Ses efforts paient. La réponse des Allemands est rapide. En fin d'après-midi, la police judiciaire allemande se déplace à l'adresse indiquée, interpelle sans encombre Francis Delettres et procède à la perquisition de son domicile et de son véhicule. Une BWM série 5 break. Noire. Le téléphone portable utilisé par le détective n'est pas retrouvé, en revanche, chose rare et particulièrement intéressante pour l'enquête, une arme de poing est découverte dissimulée dans la hotte de la cuisine. Cette arme, un semi-automatique Glock 9 mm, aurait pu permettre de lancer des comparaisons balistiques si des éléments de tirs comme des douilles avaient été retrouvés lors des constatations sur les différentes scènes de crime. C'est quand même une découverte importante pour l'enquête.

Les jours qui suivent ne sont pas de tout repos pour Jike et son équipe. Ils sont ainsi contraints de « clouter » intégralement leur dossier de manière à le transmettre rapidement au magistrat instructeur. En effet, le juge d'instruction, qui a demandé l'extradition de Francis Delettres, doit disposer de tous les éléments afin de pouvoir procéder à son interrogatoire. Ni Jike ni ses hommes ne pourront en effet interroger ce suspect. La procédure pénale ne prévoit pas, dans ce cas précis, que Francis Delettres passe par la case garde à vue. Dès son retour en France, il sera présenté directement au magistrat instructeur. Cette réalité procédurale est très frustrante pour les enquêteurs car beaucoup de zones d'ombre peuvent être éclaircies à la lumière des déclarations de cet homme. Pour autant, l'équipe tient son enquête. Elle a identifié et interpellé l'auteur potentiel, retrouvé les complices, compris le mobile possible du meurtre – un mélange de jalousie et de besoin d'argent –, et finalement raccroché son wagon au reste du train. Mais comme dans toutes les affaires, il manque encore certains détails, beaucoup de détails. L'arme retrouvée est-elle celle du crime ? Qui a tiré ? Quel est le rôle précis de Jean-Pierre Charles hormis son aide lors du transport du corps ? Quelles sont les relations entre les frères Charles et Francis Delettres ? Et celles entre les deux détectives ? Jike sait qu'il reste encore de nombreuses investigations avant de répondre à toutes ces questions. Pensive en cette fin de journée, seule encore au boulot, elle pose la copie du dossier sur un coin de son bureau et se demande à qui elle va l'attribuer pour terminer en beauté cette enquête. Tous les membres de son équipe sont débordés. Tous ont les compétences pour clore brillamment celle-ci, mais Jike préfère l'attribuer à une personne dont elle sait qu'elle prendra plaisir à gratter patiemment les infimes détails de toute cette histoire. Elle connaît les préférences de chacun des membres de son équipe. Elle décide que ce travail serait confié à La Momie. La sonnerie de son téléphone interrompt ses pensées. Attentive, elle écoute son interlocutrice. La conversation dure un long moment sans que Jike ne dise un mot. Elle griffonne quelques notes sur une feuille de papier volante. En raccrochant, elle lâche un « au revoir, madame la procureure », puis reprend le combiné et appelle Maurizio qui répond presque instantanément :

— Je t'écoute, Jike.

— La proc' de permanence vient de m'appeler. Un accident de la circulation s'est produit dans le 12e arrondissement. Un gars à moto est mort renversé par une camionnette, place Félix-Éboué. Il y a plusieurs témoins. Elle a un doute sur le caractère volontaire de l'acte. On est saisis de l'affaire. La camionnette est en fuite. Maurizio, faut que je rentre à la maison. J'ai besoin de recoller les morceaux avec Fred. Je ne peux pas…

— Ne t'inquiète pas, la coupe Maurizio, j'appelle La Momie et on s'en occupe. Rentre chez toi.

— Merci, Mo. À demain.

La gorge serrée, elle quitte son bureau et, tout en longeant le couloir qui la conduit vers la sortie, compose le numéro de téléphone de Fred. La première sonnerie retentit dans l'écouteur. Une deuxième. Puis directement la messagerie. Il a raccroché. Depuis leur dispute, ils ne se parlent plus. Ils se croisent comme des colocataires et essayent seulement de donner le change devant les enfants. Jike en a les larmes aux yeux. Quand elle arrive devant l'immeuble, Fred l'attend en fumant une cigarette.

« Merde, pense-t-elle, Fred a vraiment repris la clope. » Elle s'approche de lui et le prend dans ses bras en le serrant fort contre elle. Ils n'échangent pas un mot. Au bout de quelques minutes, il la prend par la main.

— Viens, on rentre à la maison. Il faut qu'on parle.

— Tu vas me quitter ? lui demande Jike, les larmes aux yeux.

— Non. Mais les règles vont changer, ma chérie.

— Garde-moi avec toi, s'il te plaît.

— Je te garde, lui répond Fred avec un sourire un peu triste.

— Tu as repris la cigarette ?

— Ça fait plus d'un mois, ma princesse.

Elle le serre de nouveau fort contre elle. Elle se sent coupable.

— Je te demande pardon. J'ai besoin de toi.

— Nous aussi, on a besoin de toi, Jike. Allez, viens, les filles nous attendent.

Ils font un crochet pour récupérer les filles chez la baby-sitter. Ce soir-là, Fred invite tout le monde dans un fast-food, et chacun raconte sa journée. Lorsque les filles sont couchées, Fred et Jike parlent longtemps avant de s'endormir l'un contre l'autre.

13

— Fred ? C'est moi.

— Salut, ma belle.

C'est de cette façon que Fred a l'habitude d'appeler Jike, surtout lorsqu'il est agacé. Et là, tout de suite, il l'est. À la limite du très agacé. Fred tient son smartphone coincé entre son épaule et son menton tandis qu'il porte un cartable Tann's sous chaque bras, son propre sac dans une main, un *tod bag* contenant les courses pour le dîner du soir dans l'autre. Tout en marchant, il ne quitte pas les filles des yeux alors qu'elles courent comme des cabris vingt mètres devant en direction du square. Jike sait que son mari est fâché. Elle l'a compris dans le ton, dans le rythme des mots, dans la ponctuation brève. Une fin de phrase nette, coupante, sèche. Elle se surprend à penser qu'il a raison d'être en colère mais qu'elle n'a pas le choix. Elle essaie de prendre un ton badin, comme si elle n'avait rien remarqué de l'agacement de son homme.

— Tu as récupéré les filles à l'école ? Tu étais dans les temps ?

— C'était superchaud, Jike. Il a fallu que je coure dans les couloirs du métro pour être à l'heure. J'ai d'ailleurs passé ma journée à courir. Je me suis encore fait remarquer par la directrice. Non seulement elle m'a fait les gros yeux comme à un gamin de CE2, mais en plus, cette fois-ci, elle n'a pas pu s'empêcher d'y ajouter une de ses petites réflexions toutes pourries dont elle a le secret.

— Du genre ?

— Du genre : « Les instituteurs ne sont pas payés pour faire des heures supplémentaires de garderie. J'en avais déjà parlé à votre femme. Vous devriez le savoir, monsieur. » Elle a rajouté que la prochaine fois, elle mettrait les filles au centre de loisirs et que je devrais repasser à la fin des activités pour les chercher.

— Il faudrait qu'elle et ses instits' viennent faire un stage avec moi, s'emporte Jike aussitôt. Ils pourraient se rendre compte de la quantité de travail qu'on abat quand on est flic et du nombre d'heures sup non payées ! Et…

Fred lui coupe la parole.

— Arrête, s'il te plaît. Elle a raison. Ce n'est pas parce que tu passes ta vie au boulot que tout le monde doit faire pareil. On est aux trente-cinq heures, je te rappelle.

— Pas dans la police, en tout cas !

— Laisse tomber. Comme d'habitude, tu as raison et tous les autres ont tort. Du coup, je suppose que tu m'appelles pour me dire que tu ne rentres pas ce soir et que tu travailles ce week-end…

— Tu lis dans mes pensées, mon chéri. C'est énervant, sauf dans quelques cas où c'est très, très bien…, répond Jike d'une voix enjôleuse.

— Ce qui est énervant, c'est ton boulot. Je te l'ai déjà dit, Jike. En ce moment, je me tape tout à la maison, les courses, le ménage, les devoirs des filles, la bouffe, et je te rappelle que moi aussi, j'ai un job. J'en ai marre de courir. On avait dit que les règles devaient changer, Jike.

— Je ne t'ai pas épousé pour rien, mon mari. Tu es un homme exceptionnel. Et un amant incroyable. Je te promets de poser des jours la semaine prochaine. Si tu veux…

Fred la coupe une nouvelle fois. Deux fois dans une même conversation, ce n'est plus de l'agacement mais une bonne vraie colère.

— Allez, assez pour la pommade, va mener tes enquêtes. Va sauver le monde. Moi, j'ai le lave-vaisselle à vider et le linge à étendre.

Fred met un peu de temps à raccrocher, ce qui fait que Jike l'entend appeler les filles et leur demander de l'attendre au bout de la rue. Elle voudrait bien, dans un idéal absolu, être avec eux. Elle aimerait aller goûter au square avec ses filles et son homme, comme une maman. Mais elle est à la brigade. Au boulot. Et c'est là qu'il faut qu'elle soit. C'est là qu'elle aime être aussi. À quel prix ? Elle s'arrête de penser. Ce n'est pas le moment. Oui, les règles devaient changer mais elle n'était pas prête à lâcher son job, certainement pas. Elle l'avait dit à Fred, il faudrait bien qu'il comprenne.

Vendredi. 18 h 30. Jike dépose son téléphone portable sur son bureau, se lève et rejoint le bureau de Maurizio où tout le groupe l'attend. La semaine de permanence du groupe s'est terminée depuis une heure et demie, pourtant tout le monde est encore là. Et pour cause. À 16 h 45, soit un quart d'heure avant la fin officielle de la permanence du groupe, les flics du commissariat du 18e leur ont adressé une jeune femme d'une vingtaine d'années avec un problème urgent à traiter. Ou pas… Avec beaucoup de conviction, la fille, Isabelle Lebihan, 22 ans, a expliqué à Jike qu'elle n'est pas d'accord avec les conclusions de l'enquête sur la mort de son père dont le corps a été découvert dans son appartement, un studio, rue Custine, le week-end précédent. Les enquêteurs du commissariat ont en effet conclu à une mort naturelle. Jean-Luc Lebihan occupait le même studio depuis quarante ans. Le logement, dans un état de délabrement avancé, a été déclaré insalubre par les policiers locaux dont les investigations sur place ont été expédiées, voire, selon Mlle Lebihan, bâclées. À l'issue de leur intervention, ils ont rédigé un procès-verbal de constatations (deux pages) et transmis leur procédure au magistrat du parquet. Conclusion : mort naturelle. Les services de la mairie du 18e arrondissement ont été saisis pour désigner une entreprise qui devra désinfecter et vider les lieux. La jeune fille pense que des flics de la Criminelle doivent y retourner avant que tout ne soit nettoyé. Au cas où.

Jike saisit la procédure de découverte de cadavre rédigée par le commissariat dont elle a récupéré un exemplaire et fait le point avec l'équipe. Tous sont fatigués mais font l'effort d'écouter.

— Appel du gardien de l'immeuble de la rue Custine pour une forte odeur de charogne. Arrivée des collègues du 18e qui procèdent à l'ouverture de la porte à l'aide du double des clés dont dispose le gardien. Découverte du corps de Jean-Luc Lebihan, peintre d'origine bretonne jouissant d'une certaine notoriété pour ses croquis de la butte Montmartre et de la basilique. Il aurait même fait une petite fortune dans les années 1980 en les vendant à la terre entière. Bref, le studio de trente mètres carrés est au cinquième et dernier étage. C'est un taudis. M. Lebihan est manifestement incontinent et vit comme un animal. Son lieu de vie est décrit comme immonde. S'y entassent détritus, poubelles, excréments, restes de repas et tout un tas d'autres trucs invraisemblables.

— C'est un syllogomane, précise Max. Vu la description, je parie…

Maurizio le coupe.

— Merci, Max. Tu laisses Jike terminer ou tu nous fais un cours ?

La cheffe de groupe reprend :

— Au milieu de toute cette crasse traînent quelques œuvres entassées à droite et à gauche. D'après les constatations ni faites ni à faire que nous ont laissées les collègues, Jean-Luc Lebihan était allongé dans le minicouloir d'entrée, sur le dos, les bras en croix. Il portait un pantalon, une chemise et un pull. Il s'était uriné et… déféqué dessus. Il est décrit comme étant de petite taille, les quelques cheveux qui lui restent sont lisses et sales et son visage est creusé, je cite, « par les difficultés de la vie ». Pas forts en constatations, les collègues, mais inspirés. Des clichés photographiques accompagnent le dossier, vous pouvez regarder.

Jike fait passer un album photographique à Max qui est assis près d'elle. Il commence aussitôt à le feuilleter avec Maurizio et Karl qui regardent au-dessus de son épaule.

— Ces photos, c'est sans doute tout ce qui va rester de la scène de crime initiale, les gars, conclut Jike. J'ai bien peur qu'il faille y retourner dès que nous serons chargés de rouvrir cette affaire.

— Parce qu'on la prend cette affaire ? demande Max. Juste au cas où ça vous aurait échappé à tous, on finit notre semaine de permanence et demain, c'est le week-end. Moi, je dis ça…

— Je sais, répond Jike.

— Tu en penses quoi ? lui demande Maurizio.

— Je pense qu'il faut retourner sur place et faire de véritables constatations. Le boulot a été bâclé. Elle a raison, la gamine. Il faut demander une autopsie. Les collègues du 18e ont conclu directement à une mort naturelle à la lecture du certificat médical de décès du médecin du Samu. Même si la fille ne nous donne pas de preuve concrète, elle ne croit pas à la mort naturelle. On ne peut pas la laisser avec ce doute.

— C'est un peu léger, non ? rétorque Freddy.

— Je vous rappelle une nouvelle fois qu'on vient de se faire une semaine de permanence bien chargée. Si le toubib a conclu à une mort naturelle, je ne vois pas où est le problème, tente Max une nouvelle fois.

— On a compris, tranche Jike. J'appelle la proc' et je vois avec elle. Je reviens, ajoute-t-elle en quittant le bureau.

À Paris, à l'inverse des pratiques de province, les médecins légistes ne se déplacent pas sur les scènes de crime. Le certificat de décès – « le bleu » dans le jargon policier – est donc rédigé par les médecins du Samu, les pompiers, par les médecins urgentistes, voire parfois par les médecins de famille. Dans le cadre de l'affaire Lebihan, c'est celui du Samu qui a rédigé le bleu. Le corps a été ensuite transporté à la morgue par les pompiers en attendant que la famille se manifeste. C'est le rôle des enquêteurs d'en retrouver les membres. Les policiers du 18e, durant leurs constatations, ont découvert un courrier supportant l'adresse parisienne d'Isabelle Lebihan, la fille du défunt, qui a donc été prévenue du décès de son père.

— On sait où se trouve le corps ? demande La Momie tandis que Max marmonne dans sa barbe, vexé.

— Toujours à l'IML. J'ai vérifié, lance Maurizio. En attente de restitution à la famille. Les secrétaires de l'institut sont d'ailleurs furax car la fille n'a pas l'intention d'organiser les obsèques. Ça leur bloque un frigo.

— Pas d'autre famille ? demande Karl.

— Pas qu'on sache, mais il faudra creuser de toute façon, ajoute Maurizio.

— Si vous voulez creuser, creusez, les gars. Ce week-end, ce sera sans moi, balance Max énervé.

Il se lève mais La Momie lui pose une main sur l'épaule.

— Viens, je te paie un café.

Jike, assise à son bureau, attend patiemment d'être mise en contact avec la magistrate de permanence. D'après la liste transmise chaque mois par le parquet, c'est Irène de Mouzins qui officie aujourd'hui. Substitute du procureur, fraîchement diplômée de l'ENM (l'École nationale de la magistrature) et plutôt énergique. Le combiné du téléphone est posé sur le bureau de Jike tandis que le haut-parleur est activé et diffuse en boucle la sonate de Mozart qui sert de disque d'attente au standard du tribunal de Paris. Elle consulte ses mails en attendant. Elle en a reçu vingt-sept depuis ce matin. Elle en garde un seul à qui elle attribue un drapeau rouge pour ne pas oublier d'y répondre plus tard. Tous les autres, elle ne les lit même pas et les glisse dans la poubelle. Enfin, la sonate de Mozart s'arrête et une voix féminine, très claire, répond :

— Madame Cooper ! Je suis à vous. Pardon pour l'attente mais ça n'arrête pas aujourd'hui. Ce n'est pourtant pas la pleine lune !

Jike sourit en répondant à son tour :

— Bonjour, madame De Mouzins. Ce n'est pas la pleine lune mais c'est vendredi soir et tout le monde veut boucler ses dossiers avant le week-end. Chez les pilotes de ligne, ils appellent ça la « destinationite ». Après des heures et des heures de vol, ils ont tellement envie d'arriver qu'ils négligent parfois des signaux contre-indiquant un atterrissage et tentent quand même de se poser coûte que coûte en prenant de gros risques. Des risques qu'ils ne prendraient pas hors contexte. C'est un peu pareil pour nous. Fin de semaine, il faut boucler les dossiers et déférer, tout le monde est fatigué et pressé de prendre son week-end, même en précipitant un peu les choses, voire en ignorant des informations qui demanderaient à être exploitées. La seule chose à faire, c'est d'essayer de prendre du recul.

— Je ne connaissais pas la « destinationite » mais c'est tout à fait ça. Prendre du recul, c'est un luxe qu'on ne peut plus vraiment se permettre. La charge de travail est tellement lourde. Mais revenons à nos moutons. Vous m'expliquez votre affaire ?

Jike présente à la magistrate l'ensemble des éléments d'information dont elle dispose.

— Quand je vois que le gardien de l'immeuble n'a même pas été entendu, précise la substitute du procureur, je pense effectivement que cette histoire mérite quelques investigations supplémentaires. Je compte sur vous pour rectifier le tir, commandante. De mon côté, j'appelle dès maintenant le médecin légiste pour programmer l'autopsie demain matin.

— Nous sommes en préliminaire, il nous faut aussi les autorisations du JLD[1] pour procéder à la perquisition, ajoute Jike avec délicatesse.

En France, il existe plusieurs cadres juridiques permettant aux policiers d'enquêter. Ces différents cadres confèrent aux enquêteurs des moyens de coercition et d'investigation plus ou moins étendus. Dans cette affaire, les faits remontant à plusieurs jours, l'enquête devrait être menée sous la forme préliminaire. Pas d'alternative en l'état actuel du dossier.

— Vous avez raison. J'appelle le JLD et vous tiens au courant, répond la jeune femme. Mais dites-moi, vous n'êtes pas censée terminer votre semaine de permanence, vous ? Vous ne voulez pas que je saisisse un autre groupe ?

1. JLD : juge des libertés et de la détention.

Toutes les trois semaines, le groupe de Jike est de permanence du vendredi à 17 heures au vendredi suivant à 17 heures. La date de commission des faits détermine alors la saisine de telle ou telle équipe. Pour désigner le groupe qui serait saisi d'une affaire, il faut donc dater la commission des faits. Les policiers du commissariat du 18e arrondissement étaient intervenus au domicile de Jean-Luc Lebihan le dimanche précédent. Le médecin qui avait examiné le corps sur place avait estimé que la date du décès pouvait remonter à la veille au matin, soit le samedi. L'équipe de Jike était de permanence depuis le vendredi. Elle était donc logiquement chargée de l'enquête, même si celle-ci avait en réalité commencé une semaine avant qu'elle n'en soit réellement informée.

— Je prends l'affaire, madame, s'empresse de répondre Jike. Pas de souci.

— Comme vous voudrez. À très vite, madame Cooper.

La substitute raccroche, laissant Jike à ses pensées. Maintenant, il allait falloir convaincre l'équipe.

La gestion d'une enquête qui tombe le vendredi soir n'est pas une mince affaire. D'un seul coup, l'équipe se retrouve un peu en mode gestion de crise. Chacun doit réorganiser ses projets du week-end, tenter d'expliquer à son conjoint, sa famille, ses amis que « non », cette fois encore, il ou elle ne pourra pas être là pour la soirée prévue depuis des mois ou pour le week-end attendu depuis des semaines, que « oui, c'est désolant mais que ce n'est que partie remise », etc. Chacun devra aussi faire semblant d'y croire pour ne pas peser sur le moral de l'équipe. Dans ces moments-là, les risques de conflits sont importants. Le chef de groupe doit alors bien peser la situation pour maintenir la cohésion et s'assurer que chacun peut bénéficier de repos. Pas simple. Le groupe avait eu une semaine de permanence chargée. Tous étaient déjà revenus bosser le week-end précédent. Tout le monde était fatigué et personne n'avait l'intention de travailler un nouveau week-end. Oui, mais voilà, vendredi à 16 h 45 s'était présentée Isabelle Lebihan et Jike devait faire des choix ; si elle voulait son équipe sur le pont, il fallait qu'elle montre l'exemple, ce qui voulait dire un deuxième week-end de boulot. Trois semaines non-stop. Quand elle revient dans le bureau de Maurizio, elle trouve Max, Freddy, Maurizio, Fabien, Karl et La Momie assis autour de la minitable de réunion. Tous la regardent.

— La proc' nous confie le dossier. On rouvre la procédure. Il faut retourner sur place et refaire les constatations. La Momie, tu veux bien prendre l'autopsie demain matin ?

— Jike ! Demain, j'ai rendez-vous avec mon dentiste. Ça fait trois mois que je l'ai pris, répond Jacques, agacé. Ça ne le fait pas du tout !

— Je gère l'autopsie, intervient Fabien. Je ne pourrais jamais me pardonner si La Momie devait porter un dentier. Vous imaginez la flippe ?

La Momie lui fait un clin d'œil reconnaissant. Jike reprend.

— Max, tu veux bien aller faire les constatations dans l'appartement ? Je t'accompagne.

Tous les visages se tournent vers Max qui prend son temps pour répondre. Finalement, tout en soufflant par le nez, Max répond :

— Je demande à l'état-major de nous envoyer l'Identité judiciaire. J'ai une clé de voiture. La Clio. On y va ?

Jike sourit. Elle ne s'est pas trompée. Max est un râleur mais il est fiable et loyal.

Elle est aussi un peu soulagée parce qu'il aurait pu refuser et la mettre dans une situation délicate au sein du groupe.

— Les autres, on se retrouve lundi. Si on se débrouille bien, on ne bossera que demain, conclut-elle. Allez, fin de journée.

Tous se saluent avec amitié. Chacun sait l'importance de l'effort demandé. Chacun sait aussi que ce dossier implique un nouveau week-end sacrifié pour une partie de l'équipe.

Alors que Jike et Max se dirigent vers la sortie, Karl la rappelle :

— Au fait, j'ai vérifié. Pas de caméra, rue Custine. Ni dans la rue, ni dans l'immeuble. La vidéo ne nous aidera pas ce coup-ci.

— Merci, Karl, répond Jike. On devra faire sans…

14

20 h 30. Jike et Max pénètrent dans le domicile de Jean-Luc Lebihan accompagnés des techniciens de scène de crime qui les ont rejoints sur place. Munie des clés de l'appartement fournies par la fille de la victime, Jike procède d'abord à une vérification très importante pour la suite. Son premier point d'intérêt, essentiel, se concentre sur le système de fermeture de la porte d'entrée de l'appartement. Il est capital de déterminer si, lors de l'intervention des secours, la porte était seulement tirée ou fermée et verrouillée. Dans le premier cas, n'importe qui aurait pu rentrer dans le logement (à la suite de la victime, par exemple, ou en se faisant ouvrir par celle-ci) pour commettre le meurtre et quitter les lieux en tirant simplement la porte. Dans le second cas, une porte verrouillée aurait obligé le ou les agresseurs à posséder les clés. L'examen visuel du verrou et de la porte, intacts, ne permet pas de dire si la porte était verrouillée ou non au moment de l'arrivée des policiers sur les lieux. Jike sort son portable et appelle le commissariat du 18e en espérant trouver l'un de ces policiers. Le standard lui passe rapidement un gardien de la paix d'une des brigades de jour. Coup de chance, c'est son équipage qui est intervenu. Le type est formel, lorsqu'il est arrivé, il a dû faire usage de la clé du gardien et la tourner deux fois dans la serrure. La porte était donc verrouillée à double tour. Jike raccroche en remerciant le policier.

— S'il y a eu homicide, le meurtrier avait les clés sur lui en quittant l'appartement, pense-t-elle tout haut.

— La plaignante nous a précisé que son père avait deux jeux de clés. Elle en possède un double et le gardien de l'immeuble en a un également, ce qui fait quatre jeux en tout, indique Max.

— Il faut retourner le studio. On doit retrouver tous les jeux de clés. On passe à la perquisition. La fille est joignable pour être présente ? Tu crois qu'elle peut venir maintenant ?

— Non. Partie rejoindre sa mère à Perpignan pour le week-end.

— Lebihan était marié ? demande Jike, surprise.

— Divorcé. Depuis plus de dix ans, répond Max.

— Faudra creuser ça aussi. Tu me trouves deux témoins ?

— J'y vais, réplique Max en quittant le studio.

Quelques minutes plus tard, il revient accompagné de deux hommes requis pour la circonstance, deux voisins du quatrième étage dont l'un porte encore ses chaussons, des mules en cuir brun bien cirées. Les deux hommes n'ont pas l'air particulièrement contents d'être là, mais Max ne leur a pas véritablement laissé le choix. Difficile de résister à une invitation de ce genre, le carton d'invitation ayant la forme d'une carte tricolore, aussi appelée carte de réquisition, qui permet aux agents et officiers de police judiciaire de requérir des auxiliaires temporaires dans l'accomplissement de leurs missions. Il existe une grande différence entre les constatations et les perquisitions. Les premières se font sans la présence de l'occupant des lieux ou de témoins. Lors des constatations, les policiers ne peuvent donc pas fouiller. Ils ne peuvent que ramasser les éléments visibles et directement accessibles. *A contrario*, la perquisition nécessite la présence de l'occupant des lieux ou, à défaut, de deux témoins si celui-ci est dans l'incapacité d'y assister. Elle permet de fouiller les lieux en totalité, placards, armoires, canapés, cheminées, conduits... Contrairement aux constatations qui peuvent se faire à n'importe quel moment du jour et de la nuit, la perquisition est encadrée par un délai légal. Elle est, sauf exception, interdite entre 21 et 6 heures. Chez Jean-Luc Lebihan, Jike lance ces deux actes d'enquêtes en deux temps et décide que les témoins assisteront à l'ensemble. Il faut aller vite. Max explique aux deux hommes leur mission : assurer une présence constante lors de la fouille du logement et signer le procès-verbal ainsi que les fiches de scellés constitués. À contrecœur, les deux voisins acceptent. L'homme aux mules cirées a des haut-le-cœur, ce qui se comprend vu l'odeur qui règne dans les lieux. Quant à l'autre, il est tout blanc et acquiesce silencieusement. Jike se dit qu'il va falloir aller vite si elle ne veut pas avoir à faire appel aux pompiers pour un malaise d'un de ses deux auxiliaires de justice de circonstance.

Le studio est composé d'un couloir puis d'une pièce principale et de sa kitchenette. Un petit balcon accessible depuis l'unique baie vitrée donne sur la rue Custine. L'emplacement où se trouvait le corps de Jean-Luc Lebihan, au sol dans le couloir, est clairement identifié à l'aide des photos extraites du dossier des policiers du commissariat. Des traces d'excréments sont visibles un peu partout. L'odeur pestilentielle qui règne dans l'appartement n'est pas due à la seule dégradation du corps. Les excréments, la saleté, la nourriture avariée complètent le cocktail d'odeurs nauséabondes. Le logement est aussi un véritable capharnaüm. Les meubles, ensevelis sous des tonnes d'ordures, ne sont pratiquement plus visibles. Les cafards y ont visiblement élu domicile et s'y plaisent vu leur prolifération. Étonnamment, l'endroit le plus préservé est le cabinet de toilette, comme si la victime n'y avait jamais mis les pieds. Elle se soulageait apparemment directement dans le studio. Aux murs du couloir, Jike remarque la présence de quelques tableaux et croquis de Montmartre signés par l'artiste.

— J'en reconnais certains qui ont fait le tour du monde, affirme Max. Regarde, ces trois-là sont célèbres, ils ont été immortalisés par des cartes postales vendues aux touristes du monde entier.

D'autres cadres sont accrochés aux murs de la pièce de vie. Des œuvres jonchent également le sol, de simples dessins à l'aquarelle. Un thème unique, Montmartre : la butte, le quartier, les escaliers, les rues, la basilique du Sacré-Cœur, les bistrots, la place du Tertre, les vignes... L'appartement est un lieu partagé entre une certaine grâce artistique et une décharge malsaine. Jike et Max laissent travailler les techniciens de scène de crime. Les deux témoins sont plantés devant la porte sans bien savoir quoi faire. Tous ont passé des tenues adaptées mises à disposition par l'Identité judiciaire : combinaisons blanches de protection, masques, gants, surchaussures, rien n'est laissé au hasard car il ne faut surtout pas polluer la scène. Le Bluestar est largement vaporisé afin de détecter la moindre trace de sang. Le *Crime Scope* est ensuite mis à contribution. Ce procédé permet la recherche de traces biologiques ou papillaires[1] invisibles à l'œil nu à l'aide d'une multitude de sources luminescentes. Il s'agit d'une sorte de tuyau au bout duquel une lampe puissante permet de mettre en évidence les éléments pileux, les empreintes digitales, les traces pouvant contenir un ADN. Les techniciens

1. Traces papillaires : empreintes digitales.

de l'Identité judiciaire figent aussi les lieux en prenant des photos. Tout est minutieusement étudié, examiné et exploité. Jike et Max supervisent l'opération. Une attention particulière est accordée à certains endroits stratégiques : les poignées de portes, les placards, les chambranles, les miroirs, mais aussi les objets retrouvés à proximité immédiate du lieu où a été découvert le corps, notamment une ceinture, des verres dans l'évier, des mégots de cigarettes et des bouteilles d'alcool. Les techniciens prélèvent des dizaines d'échantillons destinés aux recherches ADN et relèvent de nombreuses empreintes digitales. Tout est passé au peigne fin. Le moindre indice, la moindre trace, sont exploités.

— Il va falloir aussi prendre les empreintes de toutes les personnes qui sont entrées dans ce logement, précise Jike. Les secouristes, le médecin du Samu, les pompiers, les policiers, les ambulanciers, les types des pompes funèbres, bref, tous ceux qui sont passés ici. Il nous faudra aussi celles du mort et de sa fille.

— Sans oublier le gardien de l'immeuble, ajoute Max.

— Obligation aussi de prélever l'ADN de tout le monde pour comparaison, précise un des techniciens qui vient de s'approcher de Jike. On a vingt-huit prélèvements bio et dix-sept paluches[1], ajoute-t-il.

— Des traces de sang ? demande Jike.

— Aucune. Pour les mégots, il faudra déterminer si l'ADN de la victime s'y trouve, poursuit le spécialiste qui tient un sachet plein des mégots retrouvés. Tout ADN supplémentaire sera potentiellement celui d'un suspect.

— Je confirme, répond Jike. On a les jeux de clés ?

---

1. Paluches : empreintes digitales.

— Pas pour l'instant, répond l'homme en combinaison blanche.

Avec rigueur et une infinie patience, l'équipe commence la perquisition, déplace les détritus, les poubelles et les différents objets. Ils fouillent les placards, les armoires, vident les tiroirs, bougent les meubles. « Ça fait des années qu'ils n'ont pas été déplacés d'un centimètre », se dit Jike. Avec son coéquipier, ils lisent tous les documents découverts, soulèvent le canapé-lit, arrachent au pied-de-biche l'habillage de la baignoire, dévissent les abat-jour et la hotte de la cuisine. Chaque objet n'intéressant pas l'enquête est entassé dans une partie du studio pendant que ceux susceptibles de la faire avancer sont stockés dans le couloir, sous le nez des deux témoins qui sont maintenant intéressés par ce bric-à-brac qui naît sous leurs yeux. Les deux voisins échangent et émettent des hypothèses, comme s'ils étaient Sherlock Holmes et le Dr Watson. Jike sourit par moments en les entendant deviser. La fouille n'amène à première vue pas grand-chose à l'exception des documents d'identité de la victime, son passeport et son livret de famille. Des relevés de compte font aussi partie des documents inventoriés.

— J'étais sûr qu'il avait de l'oseille, ce type, commente Max à la lecture des relevés. Tous les comptes sont pleins. Rien que sur le document que j'ai en main il y en a pour plus d'un million d'euros ! Vivre dans un taudis pareil avec autant d'argent à la banque ! C'est dingue, non ?

— On vérifiera tout ça en appelant les impôts et en contactant son agence bancaire. Pauvre type, quand même.

Un des techniciens s'approche de Jike qui feuillette maintenant le livret de famille du mort. Dans sa main, il exhibe deux jeux de clés qu'il teste sur la porte d'entrée et indique l'endroit de leur découverte aux enquêteurs. Ce sont bien les clés de l'appartement. La découverte des clés implique que si la mort naturelle est confirmée, c'est la victime elle-même qui a tout naturellement verrouillé la porte d'entrée. Mais dans le cas d'un meurtre, qui l'aurait verrouillée ?

— On les place sous scellés ? demande Max en prenant les deux jeux de clés.

— Oui. Mais deux choses me gênent, répond Jike. La première, c'est que Lebihan n'a pas un, mais deux enfants. Regarde, ajoute Jike, en montrant à Max le livret de famille. Isabelle, sa fille issue du mariage avec son ex-femme, attends voir.

Elle tourne les pages pour retrouver son nom.

— Ah, voilà, Madeleine Butoir. Et il a eu un fils, Adrien, quatre ans plus tard avec une autre femme, Marie Jasmini.

— Sa fille ne nous a pas parlé de ce demi-frère. À plusieurs reprises elle a insisté sur le fait qu'elle était la seule famille de son père et qu'il n'avait aucun ami.

— Tu crois qu'elle n'est pas au courant de l'existence de ce frère ?

— C'est très possible. Je l'ai longuement questionnée sur les membres de sa famille. Elle m'a même précisé qu'elle et sa mère étaient les seuls contacts que Jean-Luc Lebihan avait avec l'extérieur, se souvient Max en retirant ses gants en latex.

— Il va falloir prendre des pincettes pour l'informer. Imagine, elle apprend la même semaine le décès de son père, que cette mort peut être suspecte et enfin qu'elle a un demi-frère.

— Tu as dit que deux choses te gênaient. C'est quoi, la seconde ? interroge Max.

— Regarde, répond Jike en lui tendant une feuille de papier froissée. Je l'ai trouvée dans un des tiroirs du buffet. C'est une lettre écrite, il y a un an, par Jean-Luc Lebihan à son ex-femme, Madeleine, la mère d'Isabelle. Il lui explique qu'il refuse de prendre attache avec son tuteur pour débloquer une nouvelle rallonge mensuelle de quelques centaines d'euros à leur fille.

— Lebihan était donc sous tutelle.

— Et versait de l'argent à sa fille.

— On sait combien ?

— Si on en croit la lettre, huit cents euros par mois, précise Jike. Pas énorme vu ce qu'il a sur ses comptes. On place ça sous scellés et on examinera tout dans les moindres détails au bureau. Avant de partir je frapperais bien aux portes de tous les résidents de l'immeuble. On y va ?

— Il est trop tard, Jike, il est 23 h 40. On reviendra faire l'enquête de voisinage demain ou lundi, répond Max qui commence à fatiguer.

Les deux témoins signent les fiches des scellés une par une après avoir examiné leur contenu. Sur instruction de Jike, chaque scellé leur est présenté par un des techniciens de lIdentité judiciaire tandis que les autres se débarrassent de leurs équipements. Les combinaisons, les gants, les surchaussures, les masques, tout est mis en boule et glissé dans un sac-poubelle. Une fois tous les documents signés et les scellés examinés, Jike et Max remercient l'équipe et leur donnent congé. Ils saluent également les deux témoins. L'homme aux mules cirées paraît mal à l'aise mais finit par disparaître dans l'escalier. Jike referme le studio dont elle scelle la porte qu'elle barre d'une bande de rubalise « police », puis, accompagnée de son collègue, chargés des sacs de scellés et des indices, ils essaient de monter dans le minuscule ascenseur. Il est si petit qu'ils abandonnent et décident d'emprunter l'escalier. Au quatrième étage, le témoin aux mules cirées entrouvre sa porte. Il fait signe aux deux flics de le suivre discrètement chez lui. Jike et Max déposent leurs charges et entrent chez l'homme qui semble très gêné.

— Je ne pouvais pas le dire devant le voisin tout à l'heure, dit-il à voix basse, mais le gardien n'est pas fiable à mon avis. Je veux que vous sachiez que c'est un type bizarre. Il est alcoolique et agressif. Depuis sa prise de fonction, il y a un an, je n'ai jamais pu le sentir. Je sais qu'il avait en grippe M. Lebihan. La semaine dernière encore il pestait contre lui en nettoyant l'ascenseur. Je l'ai même entendu donner des coups de poing dans sa porte en jurant que s'il déféquait encore dans les parties communes, il lui en ferait passer l'envie. Qu'est-ce que vous en dites ?

— J'en dis que nous allons vérifier tout ça et que chaque renseignement peut être utile, répond Jike.

— C'est tout ?

— C'est tout, conclut Max en regardant sa montre.

— N'hésitez pas à me contacter au cas où, poursuit l'homme avec entrain.

— Nous n'hésiterons pas, lui répond Jike en quittant l'appartement. Bonne soirée, monsieur.

En arrivant au rez-de-chaussée, Max marque un arrêt.

— C'est bien français, non, cette manière de dénoncer en catimini ? dit-il. Cela me surprendra toujours de voir à quel point les gens balancent rapidement. On ne lui a même pas encore posé de question.

— Viens, on rentre, lui répond Jike en esquissant un sourire. Je n'en peux plus.

15

Samedi, 10 heures. Fabien attend que la rame de métro qui circule au-dessus de l'IML[1] soit passée. Il respire l'air parisien après avoir assisté à l'autopsie du vieux de la rue Custine. Ici, juste devant la porte d'entrée de l'IML, coincé entre la Seine, le métro aérien et la voie d'accès à Paris venant du sud-est, Fabien se dit que l'air sent bon malgré la ville, malgré les fumées, malgré les poubelles qui attendent leur ramassage. Il retrouve peu à peu des couleurs. Chaque fois, c'est la même sensation. Une réalité qui le frappe durement et lui pompe toute son énergie. Voilà ce qu'est un être humain. Rien d'autre qu'un tas de chair et de sang qui pue et se désagrège dès que la vie l'abandonne. L'autopsie, c'est l'exhibition ultime. Pour la justice, pour la recherche de la vérité, pour le respect que l'on doit à ses semblables, on découpe, on ouvre, on prélève, on examine, on met à nu tout ce qui était à l'autre, rien qu'à lui ou elle. Une profanation du sacré au nom de la vérité. C'est un exercice qui demande de la distance et beaucoup de ressources. D'humanité, aussi. Parfois, Fabien a l'impression que cette humanité, la sienne, s'effiloche et s'étiole durant ces moments de concentration passés dans les pièces glacées de l'IML. Il se demande souvent s'il pourra tenir toute une carrière. Il a peur de devenir glacé, comme cet endroit. Froid comme les morts qu'il regarde se faire découper. Fabien sort son téléphone et appelle Jike qui répond à la troisième sonnerie.

---

1. IML : institut médico-légal de Paris situé sous le métro aérien au niveau du pont d'Austerlitz.

— Je sors de l'autopsie.

— Alors ?

— Mort par asphyxie à la suite d'une strangulation. Je ne sais pas comment le toubib du Samu a pu se louper à ce point, les traces sont plutôt bien visibles autour du cou. C'est un meurtre, Jike.

— Merde, elle avait raison la gamine ! Que dit le légiste ?

— Que le vieux n'était pas au top de sa forme. Il avait un gros problème de système digestif, probablement la cause de ses incontinences. Le médecin légiste a dit qu'avec la gueule de son estomac et du reste autour, il n'en avait plus pour longtemps à vivre de toute façon.

— Plus pour longtemps ? Ça veut dire quoi exactement ?

— Ça veut dire, poursuit Fabien, que l'homme qui l'a étranglé aurait pu attendre quelques jours et l'autre serait mort tout seul.

— Et toi ? Ça va ? demande Jike.

— Ouais, bof. J'ai besoin d'une douche et de me changer. Après ça ira mieux.

— Prends ton temps, conclut-elle avant de raccrocher.

Fabien range son téléphone et s'éloigne de l'IML. Après quelques mètres, il se plie en deux et vomit toute la bile qu'il peut. Le froid est polaire. Le vent qui vient de la Seine s'engouffre dans son blouson en cuir. Il s'empresse de le fermer et d'enrouler son écharpe autour de son cou. Il traverse le pont d'Austerlitz pendant que des policiers de la brigade fluviale filent sur l'eau. Fabien les suit du regard. Leur bateau pneumatique d'intervention est déjà loin. À près de quatre-vingt-dix kilomètres à l'heure, en quelques minutes il se trouve déjà au niveau de la tour Eiffel. « C'est pratique pour les bouchons », se dit Fabien avant de plonger dans la bouche du métro du quai de la Rapée. Ligne 5 puis ligne 7, après un changement à la gare de l'Est. Il s'est levé très tôt ce samedi pour être à l'heure à l'autopsie. Les dernières semaines de travail l'ont fatigué. Le froid n'arrange rien. Péniblement, il sort du métro en montant les marches de la station Louis-Blanc. Le vent glacial remet ça. Il ajuste encore l'écharpe offerte par sa femme pour ses 36 ans. Plutôt que de rentrer chez lui, il a préféré se rendre au bureau. Il salue Jike et Max qui s'y trouvent, en pleine discussion sur l'affaire.

— Tu ne devais pas aller prendre une douche et te changer ? Rentre chez toi, tu en as assez fait pour aujourd'hui, lui dit sa cheffe de groupe.

— Je dois bécaner le P-V d'assistance à autopsie.

— Tu le feras lundi, repose-toi.

Jike est très sérieuse. Elle lui sourit.

— Allez, il faut savoir se poser.

Elle sait combien les autopsies puisent dans les ressources et l'énergie.

— Tu as raison, répond simplement Fabien en quittant les lieux.

Le rythme de travail des dernières semaines a été éreintant. Jike se demande parfois comment l'équipe tient encore debout. Des journées de quinze, voire dix-huit, heures qui s'enchaînent. Des réveils à 4 heures du matin pour les serrages[1] de 6 heures, des soirées gâchées par les déferrements à 21 heures, le tout mené tambour battant avec à peine le temps d'engloutir un sandwich et de croquer une pomme le midi. Jike sait que le groupe ne peut pas tenir une telle cadence sans en payer le prix. Et

1. Serrages : Interpellations conduites le matin, dès l'heure légale à 6 heures.

dans son domaine, le prix se paie en erreurs, en oublis, en vices de procédure et en remarques désobligeantes de la hiérarchie. Il faut qu'elle ménage ses troupes. Après le départ de Fabien, elle décide de renvoyer Max chez lui.

— On arrête là pour aujourd'hui, lui lance-t-elle. Tu as vu la tête de Fabien ?

— Tu n'as pas vu la tienne ? lui répond Max.

Jike lui tire la langue.

— On a tous besoin de repos. On finira lundi.

Elle se rend compte qu'elle a aussi envie de retrouver sa famille ; elle a promis à Fred de lever le pied et de passer une partie du week-end avec lui et les filles. La veille, ils avaient encore eu une discussion tendue. Elle lui avait juré qu'elle ne bosserait pas tout le week-end. Elle range les scellés dans le local *ad hoc* afin d'éviter qu'ils ne disparaissent, puis prend le chemin du domicile conjugal. L'enquête attendrait.

Fabien bouquine dans le RER qui le conduit chez lui. Il est plongé dans le dernier Stephen King : *22/11/63*. Il adore l'auteur et l'histoire. Celle d'un type, professeur aux États-Unis dans les années 2010, qui, par le plus grand des hasards, découvre un escalier au fond d'un commerce de son bled qui le mène tout droit en 1958, quelques années avant l'assassinat de John Fitzgerald Kennedy. Ce prof se met alors dans l'idée qu'il peut empêcher l'assassinat en neutralisant Lee Harvey Oswald. Absorbé par sa lecture, Fabien rate sa station et doit reprendre un train dans l'autre sens. En marchant sur la grande avenue qui le mène jusqu'à sa maison en bord de Marne, ses pensées sont partagées entre l'histoire qu'il lit et l'enquête qu'il mène. Tout se mélange. Fabien y trouve même des points communs. Les deux victimes sont mortes assassinées. Kennedy, riche et beau au sommet de sa gloire, Lebihan, pauvre et seul au sommet de son art. Dans les deux cas, le mobile du meurtre n'est pas clair. Malgré les années, les réponses apportées par les enquêtes du FBI et de la Commission Warren ne sont pas satisfaisantes. Fabien franchit la frontière entre sa vie réelle et ses pensées ; il passe le portail fraîchement repeint par sa femme Vénus. En artiste épanouie, elle touche à tout et participe brillamment aux travaux de réhabilitation de la maison achetée il y a un an. Le résultat est surprenant : un mélange de sculptures, de peintures, de touches de décoration en harmonie avec le mobilier et la végétation du jardin. Son jardin. Celui au bout duquel se trouve le ponton. Celui sur lequel Fabien a installé son fauteuil. De cet endroit, il peut ainsi terminer son chapitre en attendant que son épouse rentre de la brocante où elle est partie chiner le matin. En plus de ses activités artistiques, Vénus a un métier prenant. Elle est encadreuse. Et sa réputation n'est plus à faire ; elle est devenue spécialiste des cadres sculptés et patinés, façon XVIIIe siècle. Le succès a logiquement suivi devant son talent. Les musées nationaux l'ont choisie pour les encadrements de leurs tableaux les plus précieux. Fabien en est très fier. De son fauteuil, il peut, d'un côté, contempler les œuvres de Vénus et, de l'autre, l'œuvre de la nature. Le froid glacial ne le dérange plus. En relevant les yeux de temps à autre en direction du fleuve, il imagine un bateau, amarré au bout de son ponton.

Le week-end se déroule sans accroc. Fabien et Vénus prennent leur temps entre des repas légers, de la lecture, des travaux dans le jardin et une soirée avec des amis. Fabien a pris soin de protéger la végétation du jardin contre le froid. Tous les arbres sont ornés d'un tissu antigel. Hortensias, oliviers, camélias, ils sont minutieusement empaquetés, sauf ceux qui longent la verrière, naturellement protégés par la chaleur de la bâtisse. Cette verrière est d'ailleurs le lieu que Venus a investi pour créer. La pièce est transformée en atelier où fourmillent ses sculptures, peintures, croquis et poteries. L'art au cœur de la nature. C'est le concept du couple. Sur son fauteuil, en pleine contemplation des profondeurs du fleuve, Fabien est un homme heureux. Il le sera moins quand il aura terminé son bouquin. Il voudrait qu'il ne finisse pas. Après la dernière page, il se remettra, peut-être, à dessiner. C'est sa passion, à lui.

16

Quand Fabien arrive au 2e DPJ, le lundi matin, Jike le sollicite immédiatement.

— Tu as pu te reposer un peu ? lui demande-t-elle.

— Super week-end, répond-il. J'en avais besoin.

— Tu peux me faire la fadette du téléphone du gardien ?

— Tu veux savoir où il était au moment du meurtre ?

— Exact, répond Jike.

— Laisse-moi le temps d'allumer mon ordi, de lancer Mercure, et je te fais la recherche. On a des éléments contre lui ?

— La fille de Lebihan estime que le gardien avait une dent contre son père. Son comportement agressif est confirmé par le voisin du quatrième étage. Le gardien est donc logiquement notre suspect numéro un.

— À mon avis, la fadette ne nous sera pas très utile, répond Fabien. Le type habite dans l'immeuble puisqu'il en est le gardien. Son téléphone va donc logiquement borner sur place. N'oublie pas que j'ai aussi le P-V d'autopsie à bécaner.

— Je n'ai pas oublié. Prends le temps.

Depuis quelques années, les données téléphoniques sont reçues en quasi-temps réel à la demande des services enquêteurs. Une avancée considérable. Il n'est plus nécessaire de faire parvenir une demande aux opérateurs en téléphonie mobile par mail. Auparavant, ces derniers répondaient aux réquisitions en fonction du degré d'urgence, et selon leur quantité de boulot, soit un délai de réponse compris entre quatre heures et… trente jours ! Aujourd'hui, toute réquisition est centralisée par une plateforme et le retour prend de quelques minutes à une journée maximum. Le résultat de la recherche lancée par Fabien ne se fait pas attendre. Il tombe pendant la réunion du groupe peu après 10 heures.

— C'est positif, lance l'enquêteur. Toute la journée du samedi, et même tout le week-end, le téléphone borne à l'adresse du lieu des faits. En regardant de plus près, il ne quitte jamais cet endroit. Le type n'a quasiment pas utilisé son téléphone durant le week-end de commission des faits. Uniquement de la Data internet et quelques appels reçus renvoyés sur la messagerie.

— Je pense qu'il n'est pas nécessaire d'aller le chercher dès maintenant, fait Maurizio, on poursuit nos recherches. On a besoin d'un maximum d'éléments de preuve.

— On va attendre le résultat des paluches et de l'ADN récupéré dans l'appartement de Lebihan, confirme Jike. Si jamais c'est positif, ça se compliquera pour notre homme !

— Il va falloir aussi désincriminer les familiers, ajoute Freddy. Je peux m'en charger si tu veux. Je récupère les empreintes digitales de tous les intervenants sur la scène de crime. Il va falloir relever également celles du mort et de sa fille, puis enfin prélever les ADN de tout le monde.

— Pour la fille, j'ai déjà fait son kit ADN et pris ses paluches lors de sa venue vendredi, fait La Momie.

— Et pour la victime, j'ai mis de côté le prélèvement de sang cardiaque pendant l'autopsie. Le scellé est à ta disposition à l'IML, ajoute Fabien. Ses empreintes sont également couchées sur le papier.

Durant les autopsies, les prélèvements de sang se font en effet fréquemment directement dans le cœur du fait de la concentration importante de sang à cet endroit. Cela permet, entre autres, d'en disposer en quantité suffisante pour conduire l'ensemble des recherches toxicologiques.

— Super, conclut Freddy, laissez-moi deux jours pour tout rassembler et je transmets l'intégralité au labo. Je demande la comparaison avec les empreintes et les traces biologiques retrouvées sur la scène de crime.

— Profites-en pour convoquer tout ce beau monde et les entendre sur leur intervention. Je suis curieux de connaître la version du toubib du Samu, précise Maurizio.

— Je retourne sur place pour l'enquête de voisinage, intervient Karl. Il y a cinq étages à cet immeuble, si jamais il y a un conflit entre la victime et le gardien, on va vite avoir d'autres éléments.

— Je t'accompagne, lui répond La Momie.

Le groupe se répartit les tâches, comme à son habitude, sous l'impulsion et l'initiative de chacun. Ce fonctionnement satisfait Jike, qui sourit en observant ses hommes se mettre en action. À cet instant, le leadership n'est pas monopolisé par la cheffe de groupe ; il est partagé et tourne au gré des compétences et de l'énergie de chacun des membres de l'équipe. Ce fonctionnement les responsabilise et offre les conditions d'un véritable débat lorsque des décisions importantes doivent être prises. Un débat libre où chacun peut s'exprimer sans craindre le désaveu de l'autorité ou de ses pairs. Ce fonctionnement, dont Jike a pensé et mis en place les règles, limite les dynamiques de groupe contre-productives. Jike craint particulièrement le risque d'une « communication silencieuse » au sein de l'équipe. Appelée aussi « pensée groupale », cette mécanique désastreuse est parfois observée dans des équipes en apparence très soudées mais qui dysfonctionnent fondamentalement sans s'en rendre compte. Pour ne pas nuire à l'équilibre du groupe, à la bonne ambiance ou plus simplement pour ne pas déplaire au chef, chacun des membres de telles équipes se mure dans un silence interprété par les autres comme une adhésion aux décisions prises. Dans ces équipes, pas de conflit visible, juste une cohésion d'affichage qui paralyse toute possibilité d'exprimer un simple désaccord. Paradoxalement, le groupe peut alors collectivement valider des stratégies auxquelles, au fond, aucun de ses membres ne croit individuellement. Jusqu'à l'échec qui surprend tout le monde. En s'appuyant sur les initiatives de chacun, en faisant confiance à tous et en déléguant le rôle de leader selon les phases de l'enquête, Jike sait qu'elle limite les risques de voir s'installer ce type de fonctionnement dans son équipe. La contrepartie, c'est qu'elle doit accepter de céder un peu de son pouvoir et de voir certaines de ses décisions remises en question alors même que la responsabilité qu'elle porte en tant que cheffe ne se partage pas. Le plus surprenant pour Jike, c'est qu'elle l'accepte assez facilement avec son groupe et qu'elle n'arrive jamais à le faire avec Fred. Il faudrait qu'elle y réfléchisse.

L'enquête avance mais s'annonce compliquée. Même si le gardien est le principal suspect, Jike ne peut pas le placer en garde à vue dès maintenant. Il lui faut plus d'éléments que les maigres preuves dont elle dispose pour l'instant. « Des suspicions et des rumeurs ne sont pas des preuves. Et même si on retrouve son empreinte ou son ADN chez la victime, il pourra toujours dire qu'il est allé changer une ampoule quelques jours auparavant », songe-t-elle. Karl et La Momie sont sur le terrain, Freddy en ligne avec l'ingénieur du labo. Fabien s'occupe du bornage afin d'étudier tous les appels passés depuis l'immeuble le samedi du meurtre. Max, quant à lui, s'est proposé pour fouiller le passé de la victime. Il contacte donc la mairie de naissance, à Saint-Malo, pour étudier les mentions marginales de son état civil. Il obtient la confirmation que Jean-Luc Lebihan a bien un fils.

— On devrait en parler à sa fille, propose Max à Jike et Maurizio.

Puis il leur donne connaissance du résultat de ses recherches et de son analyse.

— Le fils a 18 ans, leur apprend-il. Il s'appelle Adrien. On le savait déjà. Ce qu'on ignorait c'est qu'il habite en banlieue parisienne, pas loin de chez Fabien, sur les bords de Marne. Le garçon est connu de nos fichiers pour des consommations de stupéfiants et des violences sur sa mère, Marie Jasmini, institutrice dans une école maternelle du Perreux, dans le Val-de-Marne. J'ai récupéré le numéro de téléphone d'Adrien à la lecture des anciennes procédures le concernant.

— Est-ce qu'il est inscrit au FNAEG ? demande Maurizio.

Le FNAEG, c'est le fichier national automatisé des empreintes génétiques. Dans ce fichier figurent tous les profils ADN des personnes passées par la case garde à vue en France. Le fichier matche lorsque le ou les ADN inconnus entrés correspondent à une personne déjà enregistrée. L'enquête fait alors, en général, un grand bond en avant. Mais ce n'est pas parce qu'un ADN est retrouvé sur une scène de crime qu'il s'agit forcément de celui du coupable. Ces identifications doivent être considérées comme des pistes d'enquête. Les enquêteurs doivent, à partir de ces nouveaux éléments, lancer de nombreuses autres vérifications. L'ADN, comme les empreintes digitales, est trop souvent considéré comme la preuve irréfutable, mais les enquêteurs ne doivent surtout pas s'arrêter à ce seul élément. Ils doivent le recouper avec d'autres, plus matériels. Jike le sait et elle y veille.

— Oui, j'ai vérifié, répond Max. Si jamais son ADN est sur la scène de crime, et je pense comme toi aux clopes qu'on a trouvées, il matchera dans le fichier.

— Encore faut-il qu'il ait les clés de l'appartement, intervient Jike. Je vous rappelle que le meurtrier a verrouillé la porte derrière lui.

— Il a pu faire un double en douce, observe Max.

— Il n'y a qu'à faire sa fadette et on verra bien s'il était sur le lieu du crime, poursuit Maurizio.

— Je me suis fait envoyer tous les documents le concernant, conclut Max. Je vais les étudier. Pour l'instant, de ce que je comprends, Jean-Luc Lebihan a eu deux vies sentimentales. J'ai du mal à savoir si elles se sont chevauchées, mais il n'est pas impossible que oui. Les quatre ans de différence d'âge entre Isabelle, sa fille, et Adrien, son fils, sont compatibles avec l'hypothèse d'une double vie. Est-ce que ses femmes étaient au courant de l'existence l'une de l'autre ? De même pour les enfants ? Pour l'instant, difficile de le savoir, mais ça vaut le coup d'éclaircir tout ça. Il va falloir fouiller dans la vie de ces gens, sans éveiller les soupçons. C'est la difficulté de ce dossier. Comment tu vois les choses, Jike ?

— On va procéder par élimination, répond-elle. D'abord on s'occupe du gardien. Mais on maintient un niveau de recherches élevé sur le reste de la famille. Tous ceux qui ont pu être en possession des clés sont suspects, car une chose est certaine : le meurtrier est un familier. Jean-Luc Lebihan le connaissait.

— Y compris sa fille ? interroge Maurizio.

— Y compris la fille.

— C'est quand même elle qui a tout fait pour que l'enquête soit rouverte ? Si elle avait tué son père, elle se serait satisfaite des premières conclusions des collègues.

Mort naturelle, affaire classée et basta ! Je ne vois pas bien la raison qui la pousserait à demander la réouverture du dossier.

— Elle a un double des clés, rétorque Jike. Elle est donc suspecte.

Max et Maurizio échangent un sourire. Ils savent que Jike a raison et aiment qu'elle joue à « l'avocate du diable ». Rester ouverts sur toutes les options pour éviter les erreurs. Un vrai management de crise !

14 h 30. Freddy a terminé les auditions des policiers, premiers intervenants. Il confirme au reste du groupe qu'ils sont tous formels. Il a bien fallu deux tours de clés pour déverrouiller la porte. Freddy a aussi pris leurs empreintes et l'ADN, et indique qu'il poursuivrait l'après-midi avec les auditions des pompiers, des infirmiers du Samu et de tous ceux qui sont entrés dans le studio. Seul le médecin a décliné pour l'instant l'invitation, sans doute parce qu'il lui faut du temps pour digérer les conclusions de l'autopsie. Un peu plus tard, Karl et Jacques reviennent de leur enquête de voisinage. L'immeuble abrite principalement des personnes âgées. Les résidents étaient quasiment tous présents en ce début de semaine. Les deux policiers ont croisé le gardien. Celui-ci s'est montré plutôt coopératif.

— Il n'a pas l'attitude d'un suspect, explique Karl, dont le sens policier remarquable lui permet de détecter un type douteux à des kilomètres à la ronde. Franchement, j'ai du mal à l'imaginer coupable, ajoute-t-il.

— Toi et tes divinations ! le coupe La Momie. Les investigations viennent tout juste de commencer et tu innocentes déjà notre suspect principal.

— Le flair, mec, le flair. Mais c'est un truc de flic, tu ne peux pas comprendre !

Karl sourit. Il aime bien quand La Momie monte dans les tours. Car Jacques, avec son look de biker, est un vrai cartésien et déteste tout raisonnement qui lui apparaît irrationnel. Ça le met même en colère. Ce n'est pas la première fois qu'ils ont ce débat.

— N'empêche, enchaîne Carlos, avec mon flair tu ne peux pas nier que j'ai souvent un coup d'avance. J'ai de l'intuition, si tu préfères.

— Ce sont juste des prédictions de… charlatan ! Tu sais où je me la mets, ton intuition, camarade ?

Jike, les bras croisés, vient de se planter devant eux.

— Sans vouloir interrompre vos chicaneries, vous avez tous les deux raison, dit-elle en levant les sourcils.

— Comment ça ? demande La Momie.

— Je vous la fais courte. Ça vous intéresse ?

Les deux hommes font face à Jike et prennent inconsciemment la même posture qu'elle. Ils croisent les bras mais leurs regards disent qu'ils sont prêts à écouter, curieux. Elle comprend qu'elle peut continuer.

— Pour la petite histoire, deux écoles de psychologues américains spécialistes des questions cognitives se sont longtemps titillées sur l'existence et la valeur de l'intuition. En gros, comment un simple flic comme Karl, ici présent, peut-il sentir à dix kilomètres qu'un type qu'il interroge respire la culpabilité, ou bien comment un pompier qui entre dans une baraque en feu décide tout d'un coup d'en sortir et que la minute qui suit leur évacuation, tout s'effondre… Bref, d'un côté, les naturalistes étaient persuadés que l'intuition existait bel et bien comme un processus de décision valide et efficace, à certaines conditions, tandis que les adeptes des heuristiques et des biais contestaient la valeur de toute intuition. Pour eux, les décisions intuitives étaient des coups de chance, en quelque sorte…

— Tu pourrais résumer, cheffe, s'il te plaît, la coupe Karl, parce que là, c'est un peu compliqué. Jacques est en train de perdre le fil…

— Il a raison, pas la peine d'entrer dans les détails pour un cerveau intuitif comme le sien, continue Jacques. Je ne suis pas sûr qu'il ait compris tous les mots.

Carlos, tout sourire, lève le majeur en direction de son collègue. Jike hoche la tête et continue son explication :

— Il faut juste retenir que les deux écoles se sont mises d'accord pour dire que l'intuition est un mode de prise de décision efficace dès lors que l'environnement observé est suffisamment stable et régulier, et que le décideur est entraîné à la tâche qu'il accomplit. On peut dire que notre environnement de travail est assez régulier et…

— Tout ça pour reconnaître que j'ai du flair, conclut Karl. Dont acte.

Les trois flics éclatent de rire.

— J'ai l'intuition que si vous continuez comme ça tous les deux, ajoute Jike, on n'est pas près de trouver notre coupable !

Jacques et Karl se tapent dans la main.

— On fait un point de situation. Tout le monde dans mon bureau, conclut Jike.

Devant le groupe réuni, Jacques résume son enquête de voisinage. Il explique que la voisine de palier de Jean-Luc Lebihan est une veuve âgée de 102 ans, mais qui revendique avoir toute sa tête et passe son temps derrière son judas. Elle a remarqué la présence d'un jeune homme, la veille du décès de la victime. Elle le décrit comme un gars d'à peine 20 ans qui vient de temps en temps rendre visite à son voisin.

— Elle était incroyable, cette vieille, ajoute La Momie, fier de ses trouvailles.

— Ça pourrait correspondre au fils, Adrien Jasmini, réagit Fabien. J'ai étudié la fadette du téléphone retrouvé. Ça matche assez bien avec le témoignage de la vieille. Adrien est passé chez son père le vendredi, en fin de journée, la veille du meurtre. En revanche, le samedi, le téléphone est localisé à son domicile sur les bords de Marne.

— Tu crois que le médecin aurait pu aussi se tromper d'une journée sur la date de la mort ? questionne Karl.

— Impossible, cette datation a été confirmée par le légiste lors de l'autopsie. Jean-Luc Lebihan a bien été tué le samedi en fin de matinée. Mais il reste une hypothèse. Adrien étrangle son père le vendredi en fin de journée, et celui-ci, agonisant, met douze heures pour mourir.

— Peu probable vu l'état de santé général de Lebihan, fait Jike. Il faut retourner voir la vieille voisine et lui présenter une planche photo avec le cliché d'Adrien. Avant d'élaborer des théories, il faut savoir si c'est bien lui qui a rendu visite à son paternel. Si c'est le cas, il faut lui faire préciser si elle l'a vu arriver ou repartir, ça aussi, c'est déterminant. La Momie tu y retournes ?

— Pas de problème, fait-il. J'extrais la photo d'Adrien du fichier, je constitue la planche[1] et je fonce chez mamie…

Trente minutes plus tard, Jacques sort du métro, ordinateur en bandoulière et planche photo dans la sacoche. La mamie est ravie de le revoir ! Lorsqu'il lui présente les photos, elle reconnaît formellement Adrien Jasmini. Elle le voit de temps à autre. Elle n'a pas remarqué son

1. Une planche photographique est une composition comprenant des clichés de différents individus plus ou moins ressemblants et comprenant une photographie du ou des suspects.

arrivée le vendredi mais elle déclare qu'il est bien reparti en fin d'après-midi, sortant du domicile de son voisin, Jean-Luc Lebihan. Elle est toutefois incapable de dire s'il a verrouillé ou seulement claqué la porte.

Cette information complique l'enquête. Jike doit maintenant savoir si Adrien Jasmini est en possession des clés ou non. Elle a besoin de recul pour analyser la situation. Elle fait alors une pause et pense à son court week-end. Elle avait invité Fred à un repas en amoureux, réservé le resto et la nounou pour le samedi soir. Ils s'étaient rendus dans une de leur cantine favorite. Au menu, poisson et légumes frais, discussions et moments de tendresse. Fred avait été très touché et la soirée leur avait fait un bien fou. Ils en avaient bien besoin. Fred avait pu enfin parler à Jike de ses projets professionnels. Détendue et admirative, elle l'avait écouté parler de son métier. Fred est designer automobile et travaille pour une agence de design industriel réputée. Celle-ci, forte de plusieurs studios dans le monde, couvre une large gamme de produits innovants dans des domaines aussi variés que la sellerie pour bateaux, les montres concepts, les lignes des hélicoptères civils, l'architecture des futurs yachts, jusqu'aux nouveaux looks des trottinettes électriques. L'agence avait été retenue sur plusieurs gros contrats pour des marques prestigieuses comme Audi et Alfa Romeo. Fred avait expliqué que le souhait d'Audi était de casser les lignes communes à trop de modèles depuis des années. Pour Alfa Romeo, l'objectif était de concrétiser, pour des modèles grand public, ses designs innovants récompensés en 2018 par le prestigieux prix Compasso d'Oro Adi. Fred avait hérité des projets de ces deux clients. Fan de la Ferrari F430, de l'Aventador de Lamborghini, du Model S de Tesla, de la 911 GT3 RS de Porsche pour les plus populaires, mais également de l'Huayra de Pagani, de la Cobra de Ford, ou de la Chiron de Bugatti pour les moins connues, le travail inspiré de Fred avait beaucoup pesé dans la balance pour l'attribution des contrats. Il n'hésitait pas à demander conseil à Jike lorsqu'il doutait de ses choix. Au moment du dessert, il avait longuement décrit le dernier spider de la marque au cheval cabré, le 488 Pista. Il avait décortiqué les lignes du bolide pour s'en inspirer. Et Jike adorait cette phase du job de son mari durant laquelle elle pouvait donner son avis. Elle avait bu ses paroles et rêvé devant les dessins qu'il lui avait présentés sur son Ipad. Le dîner était passé à la vitesse d'une Tesla au démarrage. Ce soir-là, une fois au lit, ils s'étaient contentés de câlins et de tendresse. Jike avait beaucoup aimé ce moment, même si elle se disait maintenant qu'ils n'avaient pas fait l'amour depuis des lustres et que cela lui manquait.

Quittant ses pensées, Jike appelle son mari. Fred ne décroche pas. Alors, tout sourire, elle lui laisse un message dans lequel elle lui dit qu'elle a envie de lui.

Peu après 19 heures, Freddy en termine avec ses auditions. Il dispose de tous les kits ADN et des empreintes de chacun des intervenants sur la scène de crime. Le toubib du Samu a fini par arriver. À la lecture du rapport d'autopsie, il a même reconnu s'être trompé. « Trop de boulot, trop de pression », a-t-il tenu à préciser. Non sans faire une moue de dédain. Il faut dire que son ego a dû en prendre un coup.

Avant de rentrer chez lui, Freddy constitue tous les scellés des kits ADN et les remet à Karl qui s'engage à les porter au labo dès le lendemain. Freddy appelle justement le labo pour bien préciser ses attentes et le cadre général des investigations en cours. L'ingénieur qui lui répond promet que le délai de comparaison ne dépassera pas trois jours. Il en profite pour relire avec Freddy le rapport relatif à ses analyses des prélèvements effectués sur la scène de crime. Vingt-huit prélèvements biologiques. Ceux-ci peuvent correspondre à des postillons, des traces de « glissés » de doigts, des cheveux perdus et tombés, des résidus de sueur, des traces de sperme, et à une liste impressionnante d'autres résidus de corps humain. Les prélèvements en recèlent une palette assez représentative. S'il restait un ou plusieurs ADN non identifiés après les comparaisons avec les ADN des familiers et des intervenants, ceux-ci seraient transmis au FNAEG pour alimenter la base. À l'Identité judiciaire, les techniciens de scène de crime n'ont pas chômé non plus. Sur les dix-sept traces papillaires, treize sont des empreintes digitales et quatre des empreintes palmaires. Après les premières comparaisons, six sont exploitables. Les traceurs – du nom de ceux qui entrent les données dans le FAED, le fichier automatisé des empreintes digitales – sont sur le pont. Ils attendent les résultats des comparaisons des empreintes retrouvées dans l'appartement de Jean-Luc Lebihan avec celles des familiers et des intervenants. Si jamais une empreinte restait non identifiée (une TNR[1] en langage policier), ils la rentreraient dans le FAED pour la faire tourner jusqu'au jour où elle rencontrerait sa jumelle.

---

1. TNR : trace non résolue.

17

Mardi, 8 heures. Max réfléchit devant la Nespresso collective de la salle de repos. Il est sûr que le contexte familial de la victime joue un rôle clé dans cette affaire de la rue Custine. « On peut apprendre des éléments intéressants en exploitant le passé », pense-t-il. Il jette son gobelet carton dans la poubelle qui déborde et, en bon flic, il s'emploie alors à fouiller le passé de Jean-Luc Lebihan. À fond. Tous les détails comptent. Ses recherches lui permettent d'abord de découvrir que les deux femmes de Lebihan ne sont certainement pas au courant de cette double relation amoureuse et de leurs existences réciproques.

Jean-Luc Lebihan avait rencontré la première, Madeleine Butoir, sur les bancs de la faculté des beaux-arts de Rennes, située au pied de la place Hoche. Trente ans de vie commune avant la naissance de leur unique fille, Isabelle. Max est intrigué par cette naissance tardive. Il creuse alors profondément dans les fichiers et découvre que Madeleine Butoir avait fait de nombreuses tentatives de suicide (des « TS » en langage policier) nécessitant plusieurs interventions de police dans l'appartement du couple, situé rue Saint-Michel. Les premières « TS » avaient eu lieu quelques années seulement après leur rencontre. Max prend alors contact avec les hôpitaux bretons et trouve la trace de quatre hospitalisations compatibles avec les tentatives de suicide de Madeleine Butoir. La quatrième, alors qu'elle était déjà âgée de 30 ans, l'avait menée tout droit en convalescence prolongée en hôpital psychiatrique. Les archives précisent que les soins avaient dû faire l'objet d'un suivi plus encadré, nécessitant un transfert à l'hôpital Saint-Anne, à Paris. Madeleine Butoir y passerait finalement quinze années de sa vie. Au moment même de cette hospitalisation à Paris, Jean-Luc Lebihan s'installait rue Custine. Il y avait bien sûr des autorisations de sortie, des visites accordées par les médecins mais ceux-ci ne jugeraient leur patiente « stabilisée » et apte à vivre de manière autonome qu'à la veille de ses 45 ans. « C'est un miracle que la vie amoureuse de ces deux-là ait duré aussi longtemps », pense Max. La naissance de leur fille, sans doute attendue depuis des années, avait sans doute été dévastatrice pour le couple. Rapidement, Madeleine était en effet de nouveau hospitalisée.

La seconde femme de Lebihan, Marie Jasmini, était l'institutrice d'Isabelle durant sa première année de maternelle à l'école Christiani, située dans la rue parisienne portant le même nom. C'est à ce moment-là que la double vie de Jean-Luc Lebihan s'était réellement mise en place. Il ne lui avait pas été compliqué de cacher l'existence de l'autre à chacune de ses deux femmes. Madeleine Butoir passait son temps en soins, tandis que Marie Jasmini pensait que son compagnon était divorcé, assurant seul la garde de sa fille. Et quatre ans après la naissance de celle-ci, Adrien voyait le jour. Entre temps Madeleine quittait l'hôpital. Sur les conseils des médecins, elle partait se ressourcer en province, à Perpignan, ville dans laquelle elle avait encore quelques lointaines attaches familiales. D'ailleurs, elle s'y installait avec sa fille, peu de temps avant la naissance d'Adrien. Jean-Luc Lebihan, ayant acquis une certaine notoriété avec ses peintures et croquis de la butte Montmartre, refusait de les suivre et laissait Madeleine emmener leur fille. Pour autant, jamais Marie Jasmini et le petit Adrien ne venaient s'installer dans son appartement de la rue Custine. Marie, lasse de cette relation, finissait par quitter la capitale pour la banlieue et les bords de Marne. Elle avait même lancé des démarches auprès de l'état civil pour que son fils Adrien puisse récupérer son nom de jeune fille en lieu et place de celui de son père… Max fonce alors dans le bureau de Jike pour l'informer. Maurizio s'y trouve déjà.

— Cette double vie complique l'enquête, affirme Maurizio. En plus du gardien, il faut désormais prendre en considération le contexte familial.

Jike acquiesce.

— Du coup, dit-elle, je comprends mieux la lettre qu'on a trouvée dans l'appartement du vieux. Elle était adressée à Madeleine Butoir, et c'est une lettre de grosse colère. Lebihan est super énervé devant l'impatience et les exigences de sa fille qui lui réclame de plus en plus de fric. Je vous rappelle que huit cents euros par mois étaient virés sur son compte, à cette époque. Tu avais raison, Max, Lebihan était vraiment plein aux as.

— Il avait plusieurs contrats avec des boîtes d'éditions de cartes postales. Non mais, tu le crois ? Le mec a fait fortune avec des cartes postales !

— Il a du talent quand même.

Jike sort quelques photos des cartes postales prises lors des constatations et les étale sur le bureau.

— Regarde, il avait un bon coup de crayon.

Puis elle ouvre aussi un des dossiers sur l'affaire et en tire les synthèses bancaires communiquées par la banque de Lebihan.

— J'ai fait le point sur les mouvements de comptes, poursuit-elle, alors que Jacques passe une tête dans le bureau. En fait, Lebihan ne refilait rien à son fils Adrien, alors qu'il arrosait copieusement sa fille. D'abord des virements mensuels de cinq cents, puis six cents et jusqu'à huit cents euros par mois. Pour le môme, rien.

Jike tourne la tête vers La Momie.

— Tu tombes bien, Jacques, ça a donné quoi tes recherches sur Isabelle Lebihan ?

Jacques fait un grand sourire et prend un temps de silence. Il s'adosse au mur et commence à raconter :

— Figurez-vous qu'Isabelle Lebihan est également passionnée d'art. Et sa marotte, c'est la peinture abstraite. Je n'ai pas eu trop de mal à trouver des infos sur le Net, son blog personnel et sur les réseaux sociaux, précise La Momie en se dirigeant vers l'ordinateur de Jike. Je peux ? demande-t-il.

— Fais comme chez toi.

Jacques se connecte alors sur le serveur commun et ouvre un dossier, le sien, duquel il extrait des photos des productions de la fille Lebihan. Cubes, lignes, angles, tout est une histoire de superposition de formes. Pas de couleur vive, uniquement du noir et du blanc, parfois un peu de gris.

— Voilà ce qu'elle peint, dit Jacques.

Jike observe les peintures qui défilent à l'écran.

— C'est triste, dit-elle.

— Elle explique que son inspiration lui vient principalement au cours de ses promenades dans le quartier bétonné de La Défense, précise La Momie.

— En revanche, on comprend bien qu'elle manque de moyens financiers, le coupe Jike. La lecture de ses relevés de compte montre qu'elle se saigne pour acheter les toiles et le matériel de peinture. Sa passion lui coûte cher. Ajoutez à ça le coût de la vie dans le 17e. On peut imaginer à quel point elle a besoin de ressources.

— Elle a un boulot ? demande Max.

— Non, pas qu'on sache. Et on va devoir lui demander pourquoi, ajoute Jike.

— Je peux continuer sur l'histoire de famille ? reprend Max.

— Excuse-moi. On t'écoute.

— Adrien, le fils que Lebihan a eu avec sa seconde femme, a failli mal tourner. Il quitte occasionnellement l'école et, apparemment, préfère très vite la rue. À 17 ans, il est déjà connu chez nous. Il est « tajé[1] » plusieurs fois. Stups, bagarres, violences sur sa mère qui tente tant bien que mal de le récupérer. Le pire, c'est que sa mère, justement, est une institutrice modèle, tutrice, formatrice et montrée en exemple aux jeunes professeurs. Mais à la maison, elle n'y arrive pas.

— Tu crois que c'est facile, pour une femme seule, d'élever un garçon qui déraille ? lui demande Jike.

— Je ne dis pas ça, corrige Max. Elle a d'ailleurs tout essayé : psychologue, psychiatre, pension, centres éducatifs fermés, tout l'arsenal y est passé. En désespoir de cause, elle a renoué avec Jean-Luc Lebihan dont elle n'avait plus aucune nouvelle depuis des années. Elle a pris son téléphone pour lui demander de l'aide. Et c'était une bonne idée ! Adrien a accepté de renouer le contact avec son père, et réciproquement. Comme par miracle, ses activités délinquantes ont diminué. Moins de bagarres, moins de drogue, moins de violences. Le gamin s'est remis sur les rails et Marie Jasmini s'est remise à respirer. Jusqu'à l'homicide, la semaine dernière.

Jike se tourne vers Maurizio.

— Tu as les résultats ADN ?

---

1. Par référence au TAJ : le fichier recensant les individus connus des services de police et de la justice.

— Affirmatif, cheffe ! Sur les vingt-huit traces prélevées dans l'appartement, douze sont inexploitables. Il en reste seize qui appartiennent à six personnes différentes, quatre hommes et deux femmes. Sur les dix-sept paluches, six sont inexploitables. Il en reste onze qui correspondent, là aussi, à six personnes.

— Il n'y a pas de mélange d'ADN[1] ? questionne Max.

— Si, j'y reviendrai, répond Maurizio.

— Les comparaisons ? demande Jike, impatiente.

— J'y viens, on ne s'énerve pas ! Pour les ADN complets, donc, j'ai reçu les rapports. Les quatre hommes dont la trace biologique est retrouvée sur la scène de crime sont la victime, son fils Adrien, le gardien de l'immeuble et le toubib du Samu. Concernant les deux femmes, la première correspond à une infirmière du Samu et la seconde à une policière du commissariat du 18ᵉ.

— Et pour les paluches ?

— Pour les empreintes, cinq sur six identifiées : la victime, son fils Adrien, une nouvelle fois le toubib et deux sapeurs-pompiers. Une empreinte est en suspens au FAED.

— Pour conclure, synthétise Max, le gardien reste notre principal suspect : il y a son ADN sur la scène de crime. Adrien Jasmini pourrait venir en deuxième position même si à ce jour il n'est pas établi qu'il était chez son père au moment de sa mort. Et puis en troisième position celui ou celle dont l'empreinte papillaire n'est pas identifiée. Qu'en penses-tu, Jike ?

---

1. Un mélange d'ADN est composé de plusieurs ADN parcellaires distincts. Il n'est actuellement pas possible de les inscrire au FNAEG pour les comparer avec la base de données nationale. Seuls les ADN non identifiés complets sont transmis au fichier.

— Je pense que nous allons faire comme nous avons décidé au départ et procéder par élimination.

Jike feuillette le rapport de prélèvements et s'arrête sur une série de pages.

— Il faut que je vous donne d'autres éléments, car le lieu exact de découverte des ADN et des empreintes est déterminant. Pour ce qui est des secouristes, des policiers et du toubib, les traces sont retrouvées à des endroits compatibles avec les actes qu'ils ont accomplis dans l'appartement. Pas de souci de ce côté-là. Pour ce qui est du gardien, son ADN est retrouvé sur une poignée de la porte du placard de l'évier et son empreinte sur l'arrière de cette même porte. *Idem* concernant le fils, son ADN et ses empreintes sont situés plutôt loin du corps de son père : ADN sur un mégot et empreinte palmaire sur la vitre de la porte coulissante qui permet l'accès au petit balcon de l'appartement.

— Tu veux dire que les endroits où sont retrouvées les traces du gardien et du fils paraissent peu compatibles avec la commission du meurtre ? avance Maurizio.

— C'est exactement ce que je veux dire, lui répond Jike.

— OK. On planche sur quel suspect ?

— Écoutez bien, et c'est la raison pour laquelle j'ai besoin de votre avis. Nous avons une empreinte digitale non identifiée. Cette trace a été retrouvée sur la boucle en métal de la ceinture de la victime, ceinture qui, je vous le rappelle, est découverte à proximité immédiate du corps. Comme Maurizio nous le disait dans son compte rendu, tous les ADN complets sont identifiés. En revanche, sur la ceinture, on a un mélange de deux ADN qui ressort. Le premier, un ADN masculin appartient à Jean-Luc Lebihan. Le labo a pu confirmer en le comparant directement avec l'ADN prélevé lors de l'autopsie. Le second…

— … est un ADN féminin, la coupe Maurizio.

— Vous êtes sûrs ? demande Max.

— Cent pour cent, reprend Maurizio. Nous avons un ADN féminin mélangé à celui de Jean-Luc Lebihan sur la ceinture.

— Et la seule femme qui possède les clés du logement est sa fille Isabelle, conclut Karl qui s'est discrètement invité dans le bureau de Jike pendant l'échange et a suivi avec intérêt l'analyse.

— Nous avons donc trois suspects, résume Max en se tassant sur sa chaise, mais le principal est une femme. Faudrait que Fabien lance la téléphonie sur la fille Lebihan dès maintenant. On a déjà celle des deux autres. Adrien n'est pas localisé sur le lieu des faits le samedi matin, alors que le gardien si.

— Mais avec un téléphone qui ne fait que recevoir et qui n'émet aucun appel durant tout le week-end, la précision a son importance, souligne La Momie. Et te casse pas, si mes souvenirs sont bons, lorsque j'ai reçu Isabelle Lebihan, celle-ci m'avait indiqué qu'elle ne possédait pas de téléphone cellulaire.

— Je vais quand même vérifier, réplique Fabien qui apparaît lui aussi comme par magie dans l'embrasure de la porte.

— Tu étais là, toi ? l'interroge Maurizio.

— Vous ne croyez tout de même pas que je vais vous laisser faire des points de situation sans moi ! J'étais dans l'entrée…

— Alors au boulot, fait Jike. Vous avez tous les éléments en main. Suggestions ?

— Je propose qu'on serre le gardien rapidement, répond Karl. Mon petit doigt me dit qu'il s'est rendu dans l'appartement de Jean-Luc pour des petits travaux mais pas pour le tuer.

— Toi et tes intuitions, réagit La Momie.

— Et si on branchait tout ce beau monde ? propose Max. Les écoutes pourraient nous être d'une grande utilité dans ce dossier.

— Tu as raison, fait Jike, mais pour ça, il faut faire ouvrir. Je m'en occupe.

L'équipe se lance alors dans les opérations de transmission du dossier. Car « faire ouvrir » signifie, avec l'accord du procureur, de clore l'enquête en l'état et de solliciter la saisine d'un juge d'instruction. Le cadre juridique de l'enquête préliminaire ne permet pas, en effet, aux enquêteurs de procéder, lors d'une enquête criminelle, à des écoutes et, plus globalement, de recourir à des moyens coercitifs. Pour cela, il faut impérativement avoir l'accord d'un autre magistrat : le juge d'instruction.

Jike peaufine donc son rapport de synthèse, met en ordre le dossier en y intégrant les derniers procès-verbaux rédigés par ses agents, et fonce au palais de justice le remettre au parquet. La commission rogatoire et les autorisations d'écoutes que le juge d'instruction lui délivre un peu plus tard concernent les lignes téléphoniques du gardien d'immeuble, d'Adrien, de Marie Jasmini et de Madeleine Butoir. Après avoir effectué des recherches, Fabien avait en effet confirmé qu'Isabelle Lebihan ne possédait pas de cellulaire.

Alors qu'elle est en route vers son bureau, elle cale son téléphone portable entre sa joue et son cou et tente de joindre Fred. Une nouvelle fois l'appel est réorienté vers le répondeur. Elle y laisse un nouveau message, lui indiquant qu'elle finirait tard ce soir. Elle raccroche et reste songeuse. Elle sent une boule naître dans son estomac qui lui indique que quelque chose cloche. Jike se sent anxieuse, mal à l'aise et elle a, l'espace d'un instant, envie de tout lâcher pour aller voir son mari et se rassurer. Pourtant, malgré sa capacité à détecter chez les autres leurs propres limites cognitives, elle fait taire chez elle cette sensation désagréable et regagne son bureau. Elle étouffe son malaise alors qu'elle sait bien qu'elle est, comme tout le monde, la moins qualifiée pour percevoir combien la charge de travail et la fatigue peuvent peser sur sa capacité à évaluer le sens et la portée des informations reçues. Jike, malgré elle, était encore entrée dans le tunnel, celui de l'enquête. Maintenant, elle n'était plus capable de déceler les signaux d'alarme extérieurs qui réclamaient son attention immédiate. Son mari ne répondait plus au téléphone depuis plusieurs jours. Ils avaient du mal à communiquer, traversaient une passe difficile même s'ils avaient renoué le temps d'un week-end. Dont acte. Cela attendrait.

À peine arrivée à son bureau, Jike replonge aussitôt dans l'enquête et mobilise son groupe. Couverte par la commission rogatoire délivrée, l'équipe se partage le travail des ouvertures de ligne, c'est-à-dire de la mise sur écoute concrète. Les procès-verbaux de saisine sont rédigés, les réquisitions sont envoyées, les interceptions enregistrées sur la plateforme des écoutes téléphoniques. Le système est lent, les renvois des conversations ne sont pas toujours fiables. « Mais comme toujours, il faut se contenter de ce que l'administration nous met à disposition », songe Max.

Les premiers tests sont toutefois concluants. Il est tard lorsque l'équipe parachève la mise en œuvre des écoutes. La nuit est bien avancée. Maurizio et Jike sont les derniers à quitter les locaux.

— Qui garde Timothée ce soir ? demande Jike.

— Maxine, la fille de ma voisine. Elle assure. Elle est présente à chaque fois que j'ai besoin d'elle.

— Tu te débrouilles bien dans ta vie privée, Maurizio. C'est toi qui assures.

— Tu es sympa, Jike, mais ce n'est pas vrai. Je n'assure rien du tout. J'ai aimé une femme ingérable pendant des années en croyant que je pourrais la guérir, et mon gamin de 8 ans s'est remis à pisser au lit.

— Elle en est où, ta femme ?

— Toujours hospitalisée. Service fermé. Sa psychose ne s'arrange pas et elle a des accès de violence de plus en plus réguliers. La semaine dernière je l'ai informée que je voulais divorcer. Ça l'a rendue dingue. Elle me fait vraiment peur, parfois. Le plus important, c'est Timothée…

— Tu t'en sors bien, Maurizio. Je t'admire. Moi, je suis en train de perdre le fil. Ces derniers temps je ne vois pas Fred et encore moins les filles. Je sais qu'ils en sont malheureux. Je leur promets de rentrer tôt chaque soir, mais regarde, aujourd'hui encore je suis toujours au boulot, et il est 21 heures passées. Je vais une nouvelle fois arriver à la maison alors que tout le monde sera couché. Et je n'ai même pas pu dire à Fred que demain matin je me lève aux aurores pour aller interpeller le gardien. J'ai tenté de le joindre mais il ne répond pas. Ce n'est pas dans ses habitudes.

— Alors il ne faut pas traîner, souligne Maurizio. Ce n'est pas toi qui nous dis qu'il faut toujours privilégier sa famille ?

— Si.

— Pose ta journée demain, cela fera du bien à Fred et aux filles. Je gère le volet de l'enquête sur le gardien.

Jike marque une pause. Puis elle reprend :

— Je te promets que je prendrai quelques jours de congé après cette affaire. Pour l'instant on se concentre sur l'opération de demain. Je serai là. C'est ma place.

Maurizio sourit un peu tristement et serre le bras de Jike avant de remonter le col de sa veste et de partir vers sa voiture.

Arrivé chez lui, Maurizio paie Maxine et s'assure qu'elle rentre bien chez elle en la raccompagnant sur le pas de sa porte, il l'a promis à ses parents. Comme à son habitude il va embrasser son fils. Il est enveloppé dans ses draps. En plein sommeil, il se tourne au moment où son père pose ses lèvres contre sa joue d'enfant. Il est chaud et sourit aux anges. Maurizio se sent ému et va se changer dans la salle de bains à pas de loup.

Pendant ce temps, Jike constate en ouvrant la porte de son appartement que toutes les lumières sont éteintes. Fred et les filles dorment à poings fermés. Cette fois-ci son époux ne lui a pas laissé de petit plat de côté. Il n'a pas non plus écrit de mot. Jike se débarbouille, entre dans le lit sans un bruit, tel un chat qui se faufile sous un tapis de feuilles d'arbre. Elle met du temps à s'endormir, regardant le réveil, anxieuse. Il ne lui reste que quelques petites heures avant le lever. Fred ne bouge pas. Elle n'ose pas l'embrasser pour ne pas le réveiller. Si seulement elle avait osé, elle aurait vu les deux yeux de Fred bien ouverts.

18

Mercredi, 4 h 30. Le réveil sonne. Jike tend le bras pour l'éteindre aussitôt. Elle ne dormait pas vraiment, flottant entre des phases de sommeil paradoxal ponctuées de microréveils dus à la peur de ne pas entendre l'alarme. Fred n'a pas bougé d'un pouce. Elle file dans la salle de bains puis se rend dans la cuisine, engloutit un petit déjeuner qui se limite à une pomme accompagnée de noix de cajou, et prend le temps d'écrire un long mot à son homme et ses filles. Elle leur fait part de ses intentions de prendre quelques jours de congé afin de passer du temps avec eux. Elle promet, elle s'excuse, elle justifie, elle explique. Une nouvelle fois.

À 6 heures, tout le groupe se retrouve devant la porte de l'appartement de Mario Pereira, le gardien de l'immeuble de la rue Custine. Max sonne avec insistance. La porte finit par s'ouvrir au bout de plusieurs minutes. L'homme est en peignoir sombre, pieds nus et les cheveux en bataille. Ses yeux ne sont pas encore habitués à la lumière du couloir qui l'aveugle. Il fait quelques pas en arrière. Il semble ne rien comprendre à ce qui lui arrive.

— Monsieur Pereira. Je vous place en garde à vue à compter de maintenant et pour une durée de vingt-quatre heures renouvelable. Cette mesure s'inscrit dans le cadre du meurtre de Jean-Luc Lebihan.

En poussant gentiment Mario Pereira vers l'intérieur de son appartement, Jike poursuit :

— Nous allons faire une perquisition chez vous, maintenant. Voulez-vous un avocat ?

— Un quoi ? répond le gardien complètement désorienté.

— Un avocat pour votre défense, précise Jike. Ce n'est pas obligatoire mais moi, je dois vous poser la question.

— Non, répond Pereira. Qu'est-ce que vous voulez que je fasse avec un avocat ?

Max prend l'homme par le bras et l'invite à s'asseoir sur le sofa du petit salon où il est rejoint par sa femme qui s'assied à ses côtés.

— Qu'est-ce qui se passe, Mario ? Qu'est-ce que la police vient faire chez nous ? demande-t-elle, les larmes aux yeux, à son époux qui lui prend la main.

— J'en sais rien. C'est pour…

Max intervient sèchement :

— Taisez-vous. Vous n'avez pas le droit de communiquer. Le gardien baisse la tête tandis que sa femme étouffe un sanglot.

L'équipe commence la fouille des lieux pendant que le gardien signe mécaniquement le procès-verbal de garde à vue que lui tend Jike. L'homme, particulièrement stressé, est dans une phase de sidération. La phase d'après, c'est la fuite ou l'attaque. C'est pourquoi Max reste bien à côté de l'homme et de sa femme, les menottes à portée de main.

La perquisition ne donne rien. L'équipe retourne donc à la brigade où les auditions peuvent commencer. Le gardien n'ayant pas demandé d'avocat, il exprime sa volonté de s'expliquer rapidement. Les enquêteurs ont mis au point une technique généralement payante. Parmi les téléphones placés sur écoute, il y a celui de Mario Pereira. Même si la première intention des policiers est de le faire parler pendant sa garde à vue, l'aveu n'est pas une finalité. La stratégie arrêtée est plutôt de le relâcher à l'issue des auditions et d'écouter les propos qu'il tiendrait une fois à l'air libre. Les écoutes devraient alors payer, surtout avec un type qui n'a aucune expérience en matière d'enquête judiciaire. Les délinquants d'habitude, eux, ne se laissent pas avoir aussi facilement et changent de téléphone régulièrement. D'autres techniques d'enquête sont alors mises en place.

Durant la garde à vue, rien n'est oublié. L'ADN du gardien est prélevé et une nouvelle fois comparé à celui de la scène de crime. Les résultats sont identiques à ceux obtenus initialement. C'est bien le même ADN qui a été retrouvé sur la poignée de la porte du placard de l'évier. Cette découverte est aussi compatible avec les premières déclarations du gardien.

— Je m'y rends de temps à autre pour des petits travaux d'urgence, explique-t-il. Récemment, j'ai changé le siphon de l'évier de la cuisine à la suite d'un dégât des eaux. Le voisin du dessous ne supportait plus les infiltrations. Lebihan était incapable de le faire.

— Il paraît que Lebihan vous énervait, le coupe Maurizio. Surtout parce qu'il avait… des incontinences…

— Si vous appelez des incontinences un locataire qui chie et qui pisse dans les parties communes, alors oui, je vous le dis, ça m'énervait. Je voudrais bien vous y voir, vous, nettoyer la merde des autres dans l'ascenseur. Une fois passe, mais de façon régulière, c'est insupportable. Bien sûr, j'en ai fait part à de nombreuses reprises au syndic et à M. Lebihan, mais celui-ci, visiblement, ne réussissait pas à se maîtriser. Les odeurs qui provenaient de son logement provoquaient des protestations de tout l'immeuble. Et vous savez auprès de qui les gens venaient se plaindre ? Du gardien bien sûr ! Personne, mis à part ma pomme, n'avait le cran d'en faire part directement à l'intéressé. Donc oui, Lebihan me mettait en colère, surtout que cela durait depuis des mois.

— Dites-moi, monsieur Pereira, demande Maurizio le plus calmement du monde. Avez-vous tué Jean-Luc Lebihan ?

— Ça va pas, non, s'étouffe le gardien d'immeuble. Je n'étais même pas là ! Le week-end, je ne reste jamais à Paris.

— Vous étiez où lorsqu'on a découvert le corps ?

— J'ai passé tout le week-end dans ma maison de campagne, en Normandie. C'est en rentrant le dimanche que j'ai constaté que les policiers et les pompiers étaient sur place et qu'ils étaient prêts à défoncer la porte d'entrée. Du coup, je leur ai donné les clés.

— Qui vous les a données, ces clés ? demande Maurizio.

— C'est M. Lebihan qui les avait remises au précédent gardien. Quand j'ai pris mes fonctions dans l'immeuble, il y a environ un an, je les ai conservées.

Les déclarations de Pereira apparaissent parfaitement compatibles avec celles des premiers policiers arrivés sur place. Ceux-ci avaient indiqué que le gardien leur avait permis d'éviter de faire appel à un serrurier pour ouvrir la porte.

— Pouvez-vous expliquer pourquoi votre téléphone portable est resté localisé à Paris durant tout le week-end de la mort de M. Lebihan ? tente Maurizio.

— Je l'ai oublié ! Vous n'avez qu'à regarder et vous verrez bien que je ne l'ai pas utilisé du tout !

En effet, le trafic de l'appareil, uniquement des données internet et des appels reçus, pouvait correspondre à un cellulaire en veille. Les premiers appels émis durant le week-end du meurtre avaient été passés au retour du gardien à son domicile parisien. L'équipe de Jike effectue alors de manière simultanée toutes les vérifications nécessaires. Audition de la femme et de la fille du gardien, contact avec leurs voisins en Normandie et, finalement, une de leurs recherches innocente totalement le suspect. La consultation du fichier des contraventions révèle un excès de vitesse commis avec la voiture du couple Pereira. Un Renault Scénic ancienne génération. Le contrôle correspond au flash d'un radar sur l'autoroute A13, loin de Paris, le samedi matin, exactement au moment où le médecin datait l'heure du décès de Jean-Luc Lebihan. Et en examinant le cliché photographique du conducteur, Jike et son équipe constatent que Mario Pereira est au volant. Avec l'accord du juge d'instruction, Mario Pereira est libéré.

Jike se laisse tomber dans son fauteuil. Elle n'a eu aucune nouvelle de Fred. Elle attrape son téléphone. Cinq sonneries plus tard, elle est renvoyée sur le répondeur. Une nouvelle fois. Lorsqu'elle arrive chez elle, elle trouve un mot de son mari griffonné à la suite de celui qu'elle lui a laissé le matin. Fred lui explique qu'il est parti avec les filles passer la soirée et la nuit chez ses parents. Il souligne trois fois son désir de lui parler autrement qu'au téléphone. L'écriture est serrée et Jike lit de la colère entre les lignes. Elle voudrait lui parler maintenant, mais elle se sent tellement fatiguée... Elle avale une aspirine et se couche. Même pleurer est au-dessus de ses forces. Elle sombre aussitôt dans un sommeil sans rêve.

Le lendemain matin, Jike est de très mauvaise humeur lorsqu'elle briefe le groupe dans la salle de repos. L'ambiance est tendue. Le gardien libéré, l'enquête est au point mort.

— Qu'est-ce qu'elle a en ce moment ? chuchote La Momie à l'oreille de Karl. Elle est tendue comme un string.

Karl sourit. Jike s'interrompt, regarde les deux comploteurs et lance :

— Si ça ne vous intéresse pas, la porte est de ce côté.

— Ne t'énerve pas, cheffe, répond Karl, apaisant. On t'écoute.

— On bosse sur la fille en priorité, reprend Jike. Étude de ses comptes, exploitation des écoutes téléphoniques de sa mère, filatures s'il le faut. Avant de la convoquer, je veux tout connaître sur ses faits et gestes. Je veux savoir qui elle voit, avec qui elle baise et pour qui elle vote, ordonne-t-elle d'un ton sec, cassant et plutôt inhabituel. Je veux aussi convoquer l'institutrice. Le fils est toujours suspect. Il ne faut pas écarter cette possibilité. Je vous rappelle qu'une des clopes prélevées dans l'appartement supporte l'ADN du fiston.

Jike parle sans s'arrêter. En la regardant attentivement, on peut voir des cernes sous les yeux. Ses traits sont tirés. Elle a maigri.

— Les gars, poursuit-elle, je veux des résultats sur l'analyse des écoutes. La téléphonie du fils, Adrien, ne le positionne pas au domicile de son père au moment du meurtre, mais que faisait-il chez lui la veille ? Depuis quand exactement son père et lui se revoient-ils ? Faites-moi aussi le bilan précis de l'étude des comptes du vieux. À qui donne-t-il du fric ? Quelles sommes ? Quelles fréquences ? Qui a le plus besoin de ce pognon ? Le fils ? La fille ? Les mères ? Je veux aussi qu'on sache à qui appartient l'ADN féminin retrouvé sur la ceinture de Lebihan. Est-ce que l'empreinte sur la boucle est celle de la même personne ? Bougez-vous ! Merde ! Il y a trop de zones d'ombre. Ce dossier n'avance pas et moi, j'en ai ma claque, conclut Jike en reprenant son souffle.

Un grand silence s'installe. Elle pose son gobelet de café. Elle a vraiment l'air épuisée. Puis elle sort de la salle sans un mot et regagne son bureau. Maurizio sourit à l'équipe.

— Ne vous inquiétez pas, dit-il, je la connais bien. Et vous aussi. Ça va passer.

Dans son bureau, casque haute définition sur les oreilles, Fabien se penche sur les écoutes téléphoniques du gardien. Il se concentre sur la bande du premier appel que Pereira a passé en sortant de garde à vue. Celui-ci contacte sa femme. Sa voix est tremblante, presque sanglotante, le type donne l'impression d'être à cran.

— Tu te rends compte, j'ai été accusé du meurtre de Lebihan.

— Seigneur Jésus… Mario ! s'exclame sa femme.

— Ce qui me sauve, c'est le flash du radar ! C'est bien la première fois que je suis content de me prendre un P-V !

La Momie, concentré, écoute quant à lui les enregistrements des appels téléphoniques entre Marie Jasmini et son fils Adrien. Il porte son attention sur les moments qui suivent les échanges que chacun d'eux a eus avec Jike, notamment après que le gardien a été relâché. Il a beau écouter et se repasser les enregistrements, rien n'indique que la mère et le fils sont impliqués dans le meurtre. Au contraire, leurs échanges révèlent plutôt l'intérêt qu'ils portent à l'enquête et leur souhait de la voir rapidement résolue. Mieux, ils ne sont visiblement pas intéressés par la question de l'argent. Marie Jasmini est très préoccupée par l'amélioration du comportement d'Adrien depuis les visites chez son père. Elle en parle comme d'une bénédiction. Le meurtre la plonge à nouveau dans l'incertitude. Elle prie pour qu'Adrien en soit affecté le moins possible. Elle le rassure en lui indiquant qu'il a eu la chance de revoir son père avant sa mort.

Dans le même temps, Carlos écoute les conversations de la ligne fixe de Madeleine Butoir. Et ce n'est pas une mince affaire. Des heures et des heures de discussions avec ses copines de l'hôpital psychiatrique ou avec ses voisines. Elle passe un temps fou à parler de détails inintéressants. Il constate aussi que sa fille Isabelle la contacte de façon épisodique depuis le taxiphone le plus proche de son appartement parisien. Carlos n'en peut plus. Une demi-heure sur la boulangère et son pain trop cuit, une autre sur *The Voice* et la prestation vocale d'une sous-star déjà oubliée. Les traitements lourds à base d'anxiolytiques et d'antidépresseurs que prend Madeleine Butoir ajoutent une lenteur désespérante dans son allocution mais également dans ses pensées. Carlos est à deux doigts de craquer. Pourtant, il sait qu'au milieu d'une de ces conversations interminables peut se cacher une information intéressante, peut-être même décisive pour l'enquête. Alors Karl prend son mal en patience et écoute.

Dans son bureau, à quatre pattes sur le plancher et équipé d'une lampe frontale comme pour descendre dans un gouffre, Max étudie les comptes de Lebihan qu'il a répartis et classés selon un ordre bien à lui. Avant de commencer ce travail, il a contacté le comptable pour avoir son point de vue. Le type lui a alors expliqué les raisons pour lesquelles la victime avait besoin, depuis des années, d'un tiers pour gérer sa fortune. Lebihan se souciait peu de l'argent. Il vivait simplement. Quelques courses alimentaires, du matériel pour ses peintures, une bouteille de Jack Daniel's par jour, bref, rien de bien coûteux compte tenu de la réserve d'argent dont il disposait. S'il ne se souciait pas de ses dépenses courantes, il s'intéressait de très près aux mensualités qu'il accordait à sa fille. Le comptable avait ainsi appris à Max qu'Isabelle Lebihan était sans cesse en demande d'argent et qu'elle n'en avait jamais assez. Lebihan avait autorisé plusieurs augmentations mais il considérait que sa fille devait apprendre à s'en sortir toute seule. Il se plaignait d'ailleurs fréquemment de son obstination à vouloir toujours plus de fric. Max observe les paquets de feuilles disposés sur toute la surface de la pièce. Il y en a partout, jusque sous le bureau, classés selon un ordre connu de lui seul. Il recense les factures, avis d'imposition, relevés de comptes courants, les placements... Il dresse un tableau complet. Il se dit qu'il n'aurait jamais imaginé devoir faire un boulot de comptable en embrassant la carrière d'enquêteur à la Criminelle mais, au fond, ce travail de fourmi lui plaît bien.

À 11 heures, Jike convoque l'équipe dans son bureau. En s'y rendant, Maurizio est soucieux. Il ne comprend pas sa volonté d'en finir au plus vite avec cette enquête, ni l'urgence qu'elle met à réaliser toutes les recherches. Ce n'est pas dans ses habitudes. Il se dit qu'elle n'est décidément pas dans son assiette. Lorsque tout le monde est rassemblé, Jike attaque :

— J'ai réfléchi. On doit arrêter de perdre du temps. Les écoutes ne donnent rien, nos recherches non plus. On convoque Adrien Jasmini et Isabelle Lebihan et on les place en garde à vue.

Silence. Maurizio intervient :

— En même temps ?

— Exact.

— Ce n'est pas un peu prématuré ? demande Max timidement.

— En fait, j'ai bien réfléchi. Nous sommes passés à côté d'une hypothèse qui mérite d'être regardée.

— Un autre suspect que le fils ou la fille ? tente La Momie.

— Non, pas d'autre suspect, tranche Jike, agacée.

— Je ne comprends pas.

— Il faut qu'on vérifie que le frère et la sœur ne se connaissent pas, poursuit-elle.

— Tu penses qu'Adrien Jasmini et Isabelle Lebihan pourraient être complices ? demande Maurizio.

— Je n'ai aucun élément pour l'étayer, explique Jike, mais c'est une théorie qu'il ne faut pas négliger. La fortune du père a pu attiser leurs convoitises.

— Encore faut-il prouver qu'ils se connaissent, lâche Karl, bras croisé, l'air dubitatif.

— C'est là que j'ai une idée. Si on les convoque rapidement, on les place en garde à vue en même temps. Ils vont donc se croiser dans les cellules et dans les locaux entre deux auditions. On les observe, on étudie leurs comportements et on sera vite fixés.

— Pardon de demander ça, intervient Fabien, mais il ne nous faut pas des indices graves et concordants pour placer des gens en garde à vue ? Désolé, hein, mais ce n'est pas comme si on était des officiers de police judiciaire, garants des libertés et…

Maurizio le coupe :

— La ferme, Fabien. On a tout ce qu'il faut pour les placer en garde à vue et c'est une bonne idée.

— Une bonne idée ? Tu sais quoi ? Les P-V de notification de ces mesures de garde à vue ne seront pas à mon nom. Et je vous fais savoir que l'étude de leurs fadettes ne montre aucun contact, vous l'avez, votre réponse !

— OK, Fabien. Je comprends, fait Jike. Mais ton analyse a aussi ses limites, je te rappelle qu'Isabelle Lebihan n'a pas de téléphone. À moins de se farcir les listings d'appels de tous les taxiphones de Paris, ce qui est impossible, tu ne peux pas savoir s'ils sont, ou pas, en contact. J'ai besoin d'une manœuvre offensive. Leur garde à vue, ça passe ou ça casse, mais on a besoin de reprendre l'initiative. J'en prends toute la responsabilité. Les P-V de notification seront à mon nom. Ça te convient ?

Fabien acquiesce. Jike reprend :

— Les autres ? Des observations ?

C'est Maurizio qui rompt le silence le premier.

— On commence quand ?

— On les convoque pour cet après-midi, veillez à ce qu'ils n'arrivent pas en même temps à la brigade, je veux voir leurs visages lorsqu'ils se croiseront pour la première fois, et il est nécessaire qu'ils aient été placés en garde à vue avant.

La Momie appelle Adrien et Carlos envoie les policiers du commissariat porter une convocation à sa demi-sœur. À 13 h 30, Adrien Jasmini arrive le premier. La Momie lui explique qu'il est placé en garde à vue dans le cadre du meurtre de son père. Le garçon est véritablement effondré. Lui qui imaginait que cette convocation était destinée à l'informer des dernières avancées de l'enquête se retrouve désormais sur le banc des accusés.

— Nous n'accusons personne, lui précise La Momie. Nous utilisons la garde à vue pour vérifier certains éléments. Nous nous ferons une idée à l'issue. Vous allez devoir apporter des réponses à certaines de nos interrogations.

Adrien Jasmini a du mal à contenir ses émotions. Il oscille entre l'abattement et la colère. La Momie le sent au bord de l'explosion. Il demande à Karl de rester à ses côtés au cas où il péterait les plombs et se mettrait à tout casser. Le gamin est fouillé. Smartphone, argent, stylo, ceinture, lacets, cordons de capuche, tout est placé dans une boîte sur laquelle La Momie inscrit son nom.

— Vous avez le droit de vous entretenir avec un avocat, de consulter un médecin et de prévenir un membre de votre famille ou votre employeur, indique Jacques au jeune homme qui se recroqueville sur sa chaise.

— Je n'ai rien à voir dans tout ça, répond Adrien. Je ne veux rien et je peux me défendre tout seul. Et surtout n'appelez pas ma mère.

La Momie lui tend le P-V en lui indiquant où signer. Puis, lentement, prend Adrien par le bras.

— Levez-vous. Je vous conduis en cellule.

Le garçon se met à pleurer.

À 14 h 50, c'est au tour d'Isabelle Lebihan d'arriver au service. La jeune femme a la peau très blanche et ressemble à une actrice de film policier des années 1920. Son teint pâle, ses yeux fardés d'un halo noir révèlent une technique de maquillage autrefois prisée et réputée mais qui aujourd'hui n'était plus du tout du goût des femmes. Excepté peut-être des adeptes du look gothique. C'est d'ailleurs ce que conclut La Momie en voyant la jeune femme débarquer. Alors qu'il lui explique le motif de sa convocation et lui notifie sa garde à vue, elle reste de marbre. Pas d'expression. Pas d'émotion. Jike s'interroge en l'observant. Comprend-elle ce qui se passe ? Est-elle dans la phase de sidération qui fige certaines personnes lorsqu'elles sont confrontées à un stress soudain ? Est-ce qu'elle s'en moque ? Jike ne parvient pas à se faire une idée claire. La manifestation des sentiments et des émotions dans cette situation était propre à chaque individu. Elle note cependant que la jeune femme, qui avait été jusqu'à présent d'une grande politesse avec les policiers, adopte une attitude de retrait, une posture froide dont elle se demande si elle n'est pas, au fond, motivée par une forte tension agressive. Isabelle Lebihan ne souhaite bénéficier d'aucun des droits que le statut de gardé à vue lui offre. Pas d'avis à sa famille. Pas d'avocat. Pas de médecin. Une copie papier de ses droits lui est remise, conformément aux nouvelles dispositions légales.

À l'issue de sa première comparution devant un des policiers du groupe visant à lui notifier son placement en garde à vue, Isabelle Lebihan est conduite en cellule. Volontairement, elle est placée dans la geôle en face de celle où se trouve son demi-frère, Adrien Jasmini. Chaque cellule étant équipée d'une porte vitrée, ils peuvent ainsi se voir sans difficulté. Toute l'équipe de Jike assiste à la scène avec discrétion. Et tous sont d'accord. Les deux jeunes ne se connaissent pas. Ils ne peuvent pas se connaître. Leurs regards se croisent à plusieurs reprises mais à aucun moment l'éclat de leurs yeux ne révèle de la surprise ou de l'étonnement. Chacun reste concentré sur ses pensées du moment. Adrien, rouge et prostré, continue de pleurer. Isabelle, raide et comme absente à elle-même, regarde dans le vide, adossée à un mur de sa cellule.

19

Jike réunit son équipe pour la troisième fois de la journée. Elle est toujours tendue, parle sèchement. Cela crée une tension palpable dans le groupe et les regards se croisent sans que personne n'ose vraiment partager ses doutes.

— Ils ne se connaissent pas, affirme Jike.

— C'est… difficile à affirmer, non ? ose Karl.

Silence gêné. Au bout de quelques secondes pesantes, c'est finalement Maurizio qui enchaîne :

— Ils ne peuvent donc pas être complices. On est d'accord ?

— On poursuit avec les auditions, tranche Jike aussitôt. Ils n'ont pas demandé d'avocat, on peut donc débuter maintenant.

Depuis la mise en œuvre des nouvelles règles légales, et plus exactement celles de 2011, bien que les plus récentes datent de 2016 et 2019 (la procédure pénale étant en réforme constante), chaque gardé à vue pouvait bénéficier de l'assistance d'un avocat durant ses interrogatoires après un entretien confidentiel de trente minutes. La loi prévoyait aussi que si l'avocat ne se présentait pas immédiatement, les policiers pouvaient commencer les auditions après un délai de deux heures. Dans le cas d'Adrien Jasmini et Isabelle Lebihan, les interrogatoires pouvaient donc débuter immédiatement puisque aucun d'eux n'avait demandé à être assisté par un conseil. C'était une opportunité que Jike ne souhaitait pas rater. Elle poursuit :

— Freddy, tu t'occupes d'Adrien. Karl, tu prends sa demi-sœur.

— Ça dérange quelqu'un si je me charge de la fille ? demande Fabien.

Karl et Fabien échangent un regard entendu qui échappe à Jike, mais pas au reste de l'équipe. Jike tranche :

— OK, Fabien, tu entends la fille. Allez, au boulot, conclut-elle.

Maurizio s'interroge. Il ne parvient pas à mettre des mots sur ce qu'il vient de vivre mais il sent que le management de Jike a changé et qu'elle est en train de perdre l'équipe. Alors qu'elle s'emploie habituellement à créer les conditions d'un débat, qu'elle partage ses doutes pour éviter les erreurs, elle fige tout le monde en imposant son point de vue et son autorité. Maurizio voit que le reste de l'équipe est déstabilisé par ce revirement managérial. L'échange de regards entre Fabien et Karl ne lui a pas échappé et il sait que ces deux-là ont quelque chose derrière la tête. En temps normal, ils auraient évoqué leurs idées et points de vue avec le collectif mais pas là. Maurizio se demande s'ils ne sont pas tous en train de se planter dans les grandes largeurs. Il choisit de se taire. Pour l'instant.

Freddy a fait monter Adrien dans son bureau. Ils se font face. Ils sont séparés par un antique bureau métallique, récupéré deux ans avant lorsque le cabinet d'assurances de la rue Poulet avait changé tout son mobilier et offert l'ancien aux misérables services de la police judiciaire. L'audition du jeune homme commence. Tout est passé au crible. Son enfance, son passé judiciaire, ses relations avec sa mère, celles avec la victime. Freddy lui annonce l'existence de sa demi-sœur. Adrien reste sans voix. Après de longues minutes de silence, il a une réaction surprenante.

— Je veux savoir qui c'est. Elle a quel âge, elle vit où, elle fait quoi dans la vie ? Qui est sa mère ?

D'un seul coup, l'interrogatoire s'est inversé, Adrien n'est plus le sujet mais c'est lui qui pose les questions.

Freddy laisse faire et répond autant que possible avec une grande gentillesse. Il ressent avec force la sensibilité du jeune homme, la sincérité de sa curiosité et les émotions qu'il éprouve en apprenant l'existence d'une sœur. Il se dit aussi qu'il faut qu'il saisisse le moment pour pousser le garçon dans ses derniers retranchements. S'il doit y avoir un aveu, c'est maintenant ou jamais. Alors, d'un seul coup, Freddy change de posture et de ton. Alors qu'il a pris soin de vouvoyer Adrien depuis le début de l'interrogatoire, il passe au tutoiement. Le ton est sec. Cassant.

— As-tu tué ton père, Adrien ? demande Freddy en regardant le jeune homme droit dans les yeux.

— Je n'ai pas tué mon père. Vous me dites qu'il est mort le samedi matin, je vous réponds que je me trouvais chez moi ce jour-là. Vous pouvez demander à ma mère, elle était présente. Elle m'a même saoulé, elle voulait que je lui raconte dans les moindres détails ma visite de la veille chez mon père. J'ai été contraint de raconter et encore raconter. Je n'en pouvais plus. Pourtant, je vais vous faire une confidence. Quand j'ai vu mon père la veille de sa mort, j'ai passé un vrai bon moment. J'ai cru avoir trouvé le père que je voulais depuis tant d'années. Et lui, il était intéressé par ce que j'étais. Il m'a posé des questions, il m'a dit qu'il regrettait.

— Tu as touché des objets, des choses dans l'appartement ? questionne Freddy.

— Sérieux ! Vous avez vu l'état du studio ? lui répond Adrien. On n'a pas vraiment envie de toucher quelque chose ! J'ai vécu ces derniers mois dans la rue, j'ai parfois dormi comme un clochard, mais une chose est certaine, lorsque j'ai vu la misère dans laquelle mon père vivait depuis toutes ces années, je me suis juré de ne pas finir comme ça. J'ai pris conscience de la chance que j'avais d'avoir un toit chez ma mère. Je me suis imaginé que j'allais peut-être pouvoir aider mon père à se sortir de cette misère. Je ne lui ai rendu visite que quelques fois. À chaque passage, je ne restais pas bien longtemps. Chez lui, ça pue. Il faut supporter l'odeur. J'ai pris l'habitude de rester sur le balcon où j'ai installé une chaise. J'y fumais des cigarettes pendant que mon père me parlait depuis l'intérieur. L'odeur ne le gênait pas. Question d'habitude.

— As-tu un double des clés de l'appartement ?

— Non. À chaque visite, je frappais à la porte. Sa sonnette n'a jamais fonctionné.

— Tu sais que je vais vérifier chaque information, précise l'enquêteur. Je vais aller en perquisition chez ta mère et si jamais je trouve les clés…

— Allons-y maintenant, répond le jeune homme, sûr de lui. Je n'ai rien fait.

Dans le bureau d'à côté, Fabien et Karl font le point. Maurizio débarque sans crier gare. Les deux collègues se taisent aussitôt et Maurizio les dévisage fixement. Il leur sourit.

— C'est bon, les gars. On arrête les frais. Jike est à l'ouest, c'est d'accord. Mais pas moi. Vous avez quoi ?

Fabien et Karl se regardent. C'est Karl qui parle le premier :

— J'ai un truc.

— Je t'écoute, Carlos.

— Tu sais que je me tape les écoutes de la mère. Madeleine Butoir.

— C'est bon, je suis au courant. Va au but.

— Je t'assure qu'il faut de la patience… Bref, dans une conversation de près de deux heures entre la mère et la fille, je suis tombé là-dessus.

Karl clique sur l'enregistrement numérique qui apparaît sur l'écran de l'ordinateur posé devant lui. La voix d'Isabelle Lebihan envahit la pièce. Mais c'est une voix qu'aucun des enquêteurs présents ne lui connaît. Elle est rauque, éraillée. Le timbre vibre. On ressent une colère immense dans cette voix qui résonne :

— Ce mec ne veut rien me donner. Tu te rends compte, maman ? Il est blindé d'oseille et il me file des miettes. À moi ! Une artiste, comme lui ! À cause de ce mec, je ne peux pas produire, je ne peux rien faire. »

Sa mère, d'une voix noyée dans les vapeurs médicamenteuses, essaie de l'apaiser :

— « […] Mais ma chérie, c'est ton père. Il est comme il est… Tu le sais…

— Il a des millions ! Il veut que je me démerde toute seule, que je fasse la pute pour m'en sortir ! Lui, ce vieux qui chie et pisse partout. Alors que moi, je suis une artiste ! Tu comprends ça ? J'ai besoin de son fric. Tu crois que je me suis croisé les doigts ?

— Ma chérie. Qu'est-ce que tu as fait ? Tu… tu ne lui as pas fait de mal au moins ? »

Silence.

— « Allô ? Ma chérie ? Tu es là ? »

Puis la voix d'Isabelle Lebihan reprend une forme de douceur. Elle poursuit :

— « T'inquiète, maman. Au fait, tu veux que je vienne te voir quand ? »

Carlos coupe le son.

— La conversation dure ensuite plus d'une heure. Comme si de rien n'était. Fabien et moi, on pense qu'il y a de la matière et qu'on tient quelque chose. Et tu sais que Fabien en connaît un rayon.

Fabien Deimos est un passionné. Un de ses centres d'intérêt majeurs est l'apport des sciences comportementales et de la psychiatrie à la criminologie. Depuis son adolescence, Fabien se documente sur les liens entre crime et psyché, il est incollable sur les tueurs en série mais aussi sur l'histoire du crime en France et dans d'autres pays du monde. Il ne rate jamais une conférence et connaît personnellement des criminologues réputés avec qui il entretient des liens réguliers.

— C'est une tueuse, lâche Fabien. C'est elle. Je le sais. C'est pour ça que je veux me charger de son interrogatoire.

— Pas si vite, le coupe Maurizio. Je te rappelle que c'est elle qui déclenche l'enquête et qui vient nous chercher. L'enquête sur la mort de son père avait été classée.

— Justement ! Tout est comme ça chez cette fille. Tout est paradoxe. Elle ne montre rien, on dirait qu'elle ne ressent rien. Elle est froide, distante. C'est comme si elle était coupée de ses émotions. Elle me fout la chair de poule.

— Ça n'en fait pas une tueuse.

— Fais-moi confiance, Pesci, supplie Fabien. Cette fille est une sociopathe. J'en ai la certitude.

Maurizio réfléchit. Et d'un seul coup, il tranche :

— Karl, prends ton scooter et fonce au labo. Isabelle Lebihan a été kitée et paluchée au début de sa garde à vue. Amène son prélèvement ADN à l'ingénieur et passe à l'IJ pour leur remettre ses empreintes. De mon côté, je préviens tout ce beau monde afin qu'ils nous fassent les comparaisons pour hier. Fabien, commence l'interrogatoire. Et te plante pas.

— Qui prévient Jike ? demande Karl.

— Je vais en perquisition avec La Momie chez la mère du gamin. On voit ça après. On parlera à Jike. Promis.

Tandis que Fabien met en place les conditions de l'interrogatoire et dispose avec soin la chaise sur laquelle Isabelle Lebihan devra s'asseoir ainsi que les objets de décoration qui pourraient ancrer ses pensées et ses idées, Karl enfourche sa bécane, prélèvements et relevés d'empreintes dans le top-case de son deux-roues. Il fonce en direction du labo. Dans le même temps, Maurizio, La Momie, Max et Freddy conduisent Adrien Jasmini chez sa mère pour une perquisition en règle.

Fabien s'assied à son bureau et attend l'arrivée d'Isabelle Lebihan qui doit lui être amenée de manière très protocolaire par un gardien de la paix en uniforme. Il croit beaucoup à la mise en scène dont la qualité pèse à son sens de façon déterminante sur l'efficacité de l'interrogatoire. Isabelle Lebihan arrive. Fabien demande au gardien qui l'accompagne de lui ôter les menottes et invite la fille à s'asseoir en face de lui. Elle se frotte les poignets tout en regardant le policier droit dans les yeux. Son espoir d'avoir des aveux s'envole rapidement. Isabelle Lebihan adopte une attitude distanciée, persistant à nier les faits. Elle indique qu'elle n'a pas rendu visite à son père dans les journées encadrant la date du décès. Elle nie l'avoir étranglé, répondant sèchement à Fabien à qui elle exprime tout le mépris qu'elle ressent pour lui. Le regard mauvais, son orgueil en avant, elle récuse chaque argument avancé par l'enquêteur. L'argent de son père ? Oui, elle en aurait bien voulu un peu plus, mais en tant qu'artiste indépendante, l'argent n'est pas un vrai problème. Sa colère contre lui ? Quoi ? Quelle colère ? Seule sa mère la met en colère, parce qu'avec les médicaments, elle ne comprend rien quand elle lui parle. Les écoutes téléphoniques ? Ce n'est pas elle qui parle lors de ces conversations, mais une autre personne.

— Mais c'est bien votre voix qu'on entend sur ces bandes, s'énerve Fabien.

— C'est ma voix. Mais ce n'est pas moi.

— Allez… Isabelle… vous pouvez le faire. Vous soulagerez votre conscience, essaie le policier.

Isabelle Lebihan éclate de rire.

— Arrêtez un peu votre numéro ! On n'est pas dans *Columbo* ! Je vous l'ai dit et je vous le redis. Je n'ai pas tué mon père. C'est clair ?

Pendant ce temps, la perquisition est conduite au domicile de Marie Jasmini chez qui loge son fils Adrien. Maurizio et La Momie, aidés de Max et Freddy, retournent les pièces une à une sous les yeux de Marie Jasmini et de son fils. Celle-ci confirme point par point l'ensemble des déclarations d'Adrien et bien entendu, les enquêteurs ne trouvent pas la moindre clé qui pourrait correspondre à la porte d'entrée du logement de Lebihan. Pendant que Freddy recueille les déclarations de la mère et que La Momie surveille le mis en cause, Max prend Maurizio à part.

— Maurizio, il se passe quoi avec Jike ?

— Elle est à cran. Ça ne va pas chez elle. Avec son mari.

— Je te le dis comme je le pense, elle est méconnaissable. Et si elle continue, elle va nous faire faire des conneries.

— C'est bon, Maxime. Je ne suis pas aveugle. Mais tu la connais. Elle n'aime pas raconter ses histoires personnelles. Je vais lui parler. Je te le promets.

— Il faut qu'elle se reprenne, Maurizio. Si elle a besoin d'aide, dis-le-nous. On fera tout ce qu'on peut. Mais faut pas la laisser saper le groupe.

Dans son bureau, Fabien fatigue. Isabelle Lebihan lui tape sur le système. Il la trouve de plus en plus agressive et sûre d'elle. Il est vexé de ne pas obtenir d'aveux. Vexé de constater qu'elle est plus forte que lui, parce qu'elle lui tient tête. Blessé, il se montre lui-même de plus en plus agressif, ce qui satisfait pleinement son interlocutrice qui aime visiblement les rapports de force. Fabien sent qu'il perd la partie. Il faut qu'il se reprenne.

— Votre père a été retrouvé mort. Étranglé, Isabelle… Étranglé ! Seul chez lui. Personne ne lui a tenu la main. C'est fini. J'en appelle à votre humanité. C'est le moment de dire la vérité. Soulagez-vous, nom de Dieu !

— Je n'ai pas tué mon père. Je vous rappelle que c'est moi qui ai relancé l'enquête, répond la jeune femme en souriant. Le commissariat avait conclu à une mort naturelle. Alors, vous expliquez ça comment, hein, inspecteur Colombo ? Quel intérêt j'aurais eu à tuer mon père et à dénoncer l'enquête qui conclut à une mort naturelle ?

C'est à ce moment-là que Fabien décide de lâcher son atout. D'un ton calme, plein de douceur, il annonce :

— Tant mieux. Adrien sera soulagé.

— Adrien ? C'est qui ? demande-t-elle.

— Ton frère. Enfin, ton demi-frère pour être exact. L'enfant que ton père a eu avec sa maîtresse. Celui à qui il ne donnait pas d'argent, mais du temps.

Isabelle Lebihan se décompose sur place. Le téléphone sonne. Fabien répond.

— J'avais demandé qu'on ne me dérange pas.

— C'est Jike. Elle peut entendre ce que je dis ou pas ?

— Non. C'est bon.

— Les résultats des ADN et des paluches viennent de tomber.

— J'écoute, répond Fabien.

— La partie féminine du mélange d'ADN et les empreintes, toutes deux inconnues et retrouvées sur la ceinture découverte à proximité du corps de Jean-Luc Lebihan sont…

— J'ai compris. Merci Jike.

Et il raccroche.

Fabien reprend l'interrogatoire.

— On a ton ADN et tes empreintes sur la ceinture qui a servi à étrangler ton père. Tu en penses quoi ?

Et dans un grand éclat de rire, la jeune femme répond :

— Je m'en branle.

Au bout de quarante-cinq minutes supplémentaires d'interrogatoire, Jike demande à Fabien la suspension de l'audition. Pas la peine de s'épuiser à obtenir des aveux qui ne viendront pas. Cependant, elle sollicite un examen psychiatrique immédiat. Isabelle Lebihan est conduite aux urgences médico-judiciaire où son état est jugé incompatible avec la mesure de garde à vue prise à son encontre. Elle est aussitôt transférée à l'infirmerie psychiatrique de la préfecture de police, l'I3P dans la langue flic, pour y subir des examens complémentaires. À l'issue, elle est finalement internée à l'hôpital psychiatrique de Villejuif, quartier des malades difficiles. Sa culpabilité dépendrait de son niveau de discernement au moment des faits. Un travail d'expertise extrêmement complexe avec des conséquences importantes : un procès aux assises ou pas de procès du tout. La prison ou l'hôpital psychiatrique.

Dans la soirée, Adrien est remis en liberté et l'équipe met en page la procédure sous le contrôle de Jike. Le dossier doit être transmis dans les meilleurs délais au juge qui devra délivrer un mandat d'arrêt à l'encontre d'Isabelle Lebihan. En effet, dès que les psychiatres auront décidé d'une éventuelle sortie, qui pourrait se produire dans deux jours comme dans vingt ans, le mandat lui serait notifié afin qu'elle soit conduite dans le bureau du magistrat pour sa mise en examen. L'ambiance est lourde. Personne ne parle. Fabien semble épuisé. Il pense à sa femme Vénus qu'il a envie de tenir dans ses bras. Elle doit l'attendre dans son atelier, en train de restaurer le cadre d'un tableau de Claude Monet, *La Barque*, confié par la direction du musée Marmottan. Une œuvre réalisée en 1887. Fabien visualise la peinture tout en triant les P-V de la procédure. Il pense à l'embarcation qu'il rêve de voir amarrée à son ponton, et à ce tableau qu'il aimerait accrocher dans sa chambre pour pouvoir le regarder autant qu'il le voudrait. Il pense à sa femme et à ses mains qui rendent vie au cadre et à cette œuvre magnifique. Il se dit qu'il est peut-être temps d'avoir un enfant et sourit à cette pensée.

Freddy, Karl et Max s'occupent des scellés, des coups de tampon, des photocopies. Maurizio contrôle la logique d'ensemble et comprend que c'est le moment de parler à sa cheffe. Il se rapproche d'elle :

— Tu m'accordes quelques minutes, Jike ? J'ai à te parler.

— Pas ce soir, Maurizio. Je rentre.

Sans nouvelle de Fred et des filles, Jike fonce chez elle. Pour la première fois depuis des années, elle a peur. Vraiment peur. Sans bien savoir pourquoi, elle se met à pleurer lorsqu'elle franchit la porte de son appartement. Vide. Les placards des filles, les affaires de Fred, tout est parti. Ne restent que les meubles et l'absence. Le silence. Elle comprend qu'elle est allée trop loin, qu'elle les a perdus. Qu'il est trop tard. Alors, elle prend les clés de sa Clio Williams, descend au parking, retire la bâche poussiéreuse qui la recouvre et démarre. Assise au volant, elle se laisse emporter par le bruit rauque des 16 soupapes qui ne demandent qu'à s'emporter. Jike essuie ses larmes. Direction n'importe où. Elle sort de la capitale, emprunte au hasard des routes de campagne à une vitesse déraisonnable. Elle roule aussi vite que vont ses pensées. Elle se sent invincible, immortelle… seule.

Composition et mise en pages
Nord Compo à Villeneuve-d'Ascq

Imprimé en France par CPI
en février 2021
Dépôt légal : février 2021
N° d'impression : 162099